D0817098

El último lector

Literatura Mondadori

El último lector

DAVID TOSCANA

MONDADORI

México, 2004

El último lector

Primera edición: 2004

© 2004, David Toscana
D.R.2004, Random House Mondadori, S. A. de C. V.
   Av. Homero 544, Col. Chapultepec Morales,
   Del. Miguel Hidalgo, C. P. 11570, México, D. F.

www.randomhousemondadori.com.mx

ISBN: 970-05-1822-1

Impreso en México / *Printed in Mexico*

A mis tres viejas: Adriana, Valeria y Cristina

La cubeta desciende por el pozo hasta topar con una superficie más consistente que el agua y emite un sonido que Remigio ya venía esperando. Está por cumplirse un año de la última lluvia y la gente se reúne desde julio cada tarde para orar en la capilla de San Gabriel Arcángel, pero ya corre septiembre y ni una gota, ni un escupitajo del cielo. De vez en cuando amanece el rocío sobre hojas y ventanas, mas eso apenas lo distinguen los madrugadores, ya que el sol se lleva toda humedad tan pronto surge sobre Icamole. Una ocasión se aproximaron nubes cargadas por el oriente, y algunas personas se treparon a cualquier loma para azuzarlas desde ahí. Aquí estamos, vengan, tenemos sed, y varias mujeres abrieron sus paraguas para demostrar su inflexible fe, una fe que no alcanzó a mover montañas, al menos no el cerro del Fraile, a veinte kilómetros de ahí, pues todos acabaron por ver decepcionados cómo las nubes chocaban contra sus picos y laderas, derramando allá mismo su perfecta carga. No fue ni la primera ni la última vez que el cerro del Fraile les robó las esperanzas, por eso la contigua Villa de García continúa verde, mientras que en Icamole las acequias son avenidas para los tlacuaches. Remigio da un tirón a la cuerda que sostiene la cubeta y la suelta de nuevo. El sonido se repite: una percusión. A él le habría disgustado lo mismo que del fondo brotara la melodía de un arpa o el canto de una sirena; la única voz de su noria debería ser un chapaleo.

Revisa la cuerda y se da cuenta de que algo anda mal. Él sabe que el pozo mide ocho metros hasta el fondo y por eso la cuerda tiene un nudo justo en esa longitud. Según sus cálculos, al menos queda medio metro de agua, suficiente para regar el aguacate y bañarse esa y otras cuantas mañanas y salir a pasear por Icamole con los cabellos agitados por el viento, con la cara fresca, los dientes limpios, y saludar a las mujeres de cabelleras tiesas, envueltas en pañoletas, a los hombres de caras polvosas y tierra entre las uñas, en ese Icamole sin otra humedad que el sudor y el agua de los tambos que Melquisedec acarrea en su carreta desde Villa de García. Con la sequía llegó la pobreza y el día en que el repartidor de refrescos dijo ya no me sale el viaje hasta acá para vender tan pocas botellas. El agua de Melquisedec es gratuita; la carga en una acequia comunal de Villa de García y el gobierno del estado le paga una iguala por su esfuerzo y el de las mulas que remolcan la carreta en un trayecto ligero de ida y sufrido de vuelta.

Por evitar el desperdicio, la gente dice el agua de Melquisedec es para beber, no para lavarse los pies, y eso impulsa a Remigio a provocarlos con su cara recién lavada. Yo bebo, les dice con la mirada, yo me ducho, y hasta riego mi aguacate sin perseguir la carreta de los tambos; si bien, cuando alguien le hace la pregunta, él responde sin titubear que su pozo está tan seco como el resto.

Zarandea la cuerda una y otra vez sin éxito, sin sentir que la cubeta dé un mordisco a ese medio metro de agua, y decide que un obstáculo le impide llegar hasta el líquido. No sería el primer animal sediento en causarle problemas. Tres años atrás hubo de sacar a un coyote, que encima se defendió como si Remigio fuera el enemigo y no el rescatista. Y, sin embargo, no se molestó con el animal. Sabe que cualquier muerte es preferible a la provocada por la sed.

Trae una lámpara de petróleo, la ata a la cuerda de la cubeta y la baja por el oscuro buche de la tierra. Primero distingue el resplandor de dos ojos claros, luego el rostro blanco, infantil, de retrato antiguo; al final, una cabellera larga y negra todavía bien peinada. Calcula que ese rostro ya recibió doce cubetazos y, luego de mirarlo un par de minutos, acaba por concluir que no parpadea.

Cuando Remigio tenía unos diez años, veía en los pozos una fuente de travesuras. Éstas consistían en escupirles o arrojarles caca de chivo, una o dos bolitas a la vez; e incluso un día orinó en el de la señora Cleotilde. En cambio le pareció un exceso que uno de sus amigos arrojara una rata muerta en el de Melquisedec. La diversión no radicaba en hacer el daño sino en hacerlo a escondidas, y ésta se esfumó cuando Lucio supo que todos los pozos están conectados y los orines derramados en el de la señora Cleotilde llegarían, aunque diluidos, a todas las casas. Remigio cree que el punto más bajo de esa red de canales subterráneos se halla en su propiedad; de otro modo no se explica que su pozo aún tenga agua cuando los demás ya se secaron. Orinar o lanzar a una rata son cosas tolerables, pero no arrojar a una niña. Descarta la idea de que haya caído accidentalmente: le estaría viendo los calzones y no la cara.

Se apresura hacia adentro de la casa para tomar su machete, y con la misma prisa recorre la huerta, blandiendo el arma, descargándola contra algunas ramas secas, por si ahí sigue escondido quien trajo a esa niña. Mira todo su derredor en busca de alguien que lo esté espiando desde un árbol, tras los muros de adobe. Luego se detiene, casi sin respirar; trata de oír el menor ruido. Y oye varios, pero a la distancia: una mujer dice que le duele el pie, un hombre carraspea, un niño llora y grita me pegó Paco; el gordo Antúnez, esa voz sí la reconoce, amenaza a Paco con romperle la cara. Remigio deja caer el machete y vuelve al pozo.

Acerca la lámpara al rostro y aguarda a que deje de columpiarse, pues el movimiento de sombras crea la sensación de que el cuerpo se mueve. La niña se halla recostada, buena parte del torso fuera del agua, casi luce cómoda. Toma un puñado de guijarros y comienza a arrojarlos, uno por uno. Falla en los primeros tres intentos. El cuarto rebota en la frente o en la nariz, y Remigio comprueba que el rostro no se inmuta. Desde el principio le pareció bien muerta, pero imposible renunciar así de fácil al eterno sueño de salvar a una muchacha.

Trae otra cuerda con un gancho oxidado en un extremo. Lo baja y lo hace bailar cerca del cuerpo hasta sentir que se traba con algo; desea que sea un sobaco porque no le gustaría extraerla como a un pez. Tira de la cuerda y aguza el oído. Ya no espera algún lamento, pero es mejor asegurarse. Apenas unos centímetros y la niña se suelta con el chapaleo que Remigio había deseado para la cubeta. Ahora piensa en carne rasgada y un sangrado que tiñe el agua y así ni ganas de lavarse los dientes por muy santa que haya sido la niña. Comprende que el gancho no puede ser una buena idea, no importa dónde se trabe: axilas, boca, orificio de la nariz, entrepierna, y opta por sacarlo para hacer un lazo. Mientras forja el nudo se repite lazo, lazo en voz alta, pues su mente insiste en llamarle horca. Nuevamente baja la cuerda y la hace oscilar hasta que se toma de algo. Tira con cuidado y, tras asegurarse de que el lazo se halla bien ceñido, hace subir el cuerpo rápidamente. No podría resultar mejor: viene tomado de la muñeca izquierda. De haberse prendido del cuello igual lo hubiera alzado, pero qué mejor que la muñeca.

Toma la mano tan pronto la ve salir y le sorprende no sentir asco. Ya en otra oportunidad había cargado a un muerto y casi se vomita. Pero tú eres muy diferente, le dice a la niña, debiste ver al otro: viejo, gordo y encima inflado y desnudo porque se ahogó en una charca. La recuesta en el suelo y le baja los párpados. El izquierdo obedece; el derecho se repliega lentamente hasta abrirse por completo. Calcetas blancas, vestido de flores y un zapato de charol. Su rostro luce terso, sin rastros de violencia ni de los cubetazos; sólo con una basura en la mejilla izquierda que Remigio trata de quitarle, y pronto se da cuenta de que es un lunar. La manga derecha muestra una rasgadura, sin duda causada por el inútil garfio.

Remigio nunca ha sido sociable, ni tiene cabeza para andarse fijando en niñas de escuela, pero está seguro de que nunca antes había visto a la muertita, y eso significa que no es de Icamole. A una niña como ésa la habrían hecho protagonista de cualquier evento, la pondrían a declamar en las fiestas patronales y, aunque declamara horrible, le aplaudirían de todo corazón. Pero también estoy seguro, se dice, y aquí vuelve a mirar a su alrededor, que a una niña como ésta nunca la van a dar por perdida.

Recorrieron el trayecto de diez millas hablando de mujeres y pasándose una botella de bourbon a la que daban pequeños sorbos. Tom reía con las anécdotas de Murdoch, lo mismo si decía algo en serio que en broma. Le habló de una ramera que había conocido en México, y Tom rió con cada frase, sobre todo cuando Murdoch explicaba las dificultades para convivir con una mujer que no entiende su idioma. Luego hizo un breve relato sobre una rubia que había amado, y Tom volvió a reír. Atrás de ellos venía el negro con las manos atadas y la soga al cuello, exhausto, acelerando el paso cada que los caballos de Tom y Murdoch alargaban la zancada. Hemos llegado, dijo Tom, y se detuvieron a mitad del puente sobre el río Colorado. No daba la impresión de ser una estructura firme; las maderas crujían bajo el peso de los caballos y algunos tablones mostraban agujeros por donde cabía un pie. Murdoch se asomó por la baranda y vio el reflejo de la luna en las aguas bravas, que en un instante estaban ahí, bajo sus pies, y pronto llegaban a otro condado, a otro estado, con una libertad que tal vez ellos nunca tendrían. Escupió al vacío y retrocedió hacia su caballo, donde estiró la soga para cerrar un poco más el nudo en torno al cuello de su desdichado prisionero. ¿Sabes lo que te espera, pelmazo del infierno? El negro negó con la cabeza, aunque su expresión de horror revelaba que sí sabía lo que le esperaba. Entre los dos lo llevaron a la baranda y lo hicieron ver con terror las aguas que Murdoch acababa de observar con placer. El negro dejó de luchar. Prefería terminar con todo de una vez antes que seguir tolerando la humillación de ser acarreado como un perro, esquivando heces de caballos, escuchando conversaciones de ebrios. ¿Quieres decir algo antes de enfrentarte a tu destino?, preguntó Murdoch. El negro asintió y, tratando de que no le temblara la voz, expresó: Hay un Dios que no reconoce colores en la piel, que ama por igual a negros y blancos… Lucio resopla y cierra el libro de golpe. Doscientas páginas para que este negro venga a moralizar como una monja. Es un pillaje. La contraportada afirma que el lector se sumergirá en las profundidades del alma humana, que hay sitios donde el infierno se lleva en el color de la piel, que las fuerzas del bien y el mal se enfrentarán con resultados prodigiosos. Ahora falta definir el bien y el mal, se dice Lucio, porque Tom y Murdoch le habrían hecho un gran favor al mundo de haber lanzado al negro antes de dejarlo hablar. Aún faltan cerca de cien páginas, pero no piensa seguir con la lectura. Mira la portada: *El color del cielo*, de Brian MacAllister. Imagina que el autor es un blanco perdonavidas que de niño cantaba en una iglesia protestante; seguro no tiene valor para consentir que el negro muera luego de mencionar a Dios. ¿Llegará el comisario? ¿Otros negros? ¿Un ángel? ¿Alcanzará el negro a desatarse para dar muerte a sus enemigos? Ya no importa. Además no puedo confiar en un traductor que no convierta las millas en kilómetros, y no sé qué habrá escrito MacAllister, pero seguro fue algo muy distinto de pelmazo del infierno. Saca un sello de la gaveta de su escritorio y lo estampa sobre la portada. Censurado. Se incorpora lentamente, en lo que espalda y cintura se acostumbran a la nueva posición, y camina a la puerta. Una señora pasa con medio kilo de tortillas y a Lucio se le hace agua la boca. Ella lo saluda con una sonrisa sin palabras; él le responde que MacAllister es un inepto, y ya con la voz baja, sólo para sí, continúa: Mire que mencionar la expresión de horror del negro y no ahondar en eso; debió decirme cómo vibraban sus labios rojizos y gruesos y quebrados con hilos de baba, o al menos cómo lucía la luna sobre el blanco de sus ojos. La palabra horror es un engaño del escritor, pretende crear una tensión inexistente porque es obvio que el negro no va a morir; todo es tan obvio: los blancos hablan de una ramera y el negro menciona a Dios, los blancos beben bourbon y al negro ni siquiera le apesta el sudor. Lucio vuelve a su escritorio y abre el libro en la última página para confirmar la moraleja que ya espera. La anciana llevaba horas meciendo al pequeño Jimmy. En la proximidad del amanecer, sus cabellos de nieve parecían brillar con luz propia. ¿Por qué tienen que ocurrir estas cosas, abuela? Ella levantó la vista; el sol dibujaba una franja amarilla en el horizonte. Ya lo comprenderás cuando seas mayor, respondió, sólo recuerda que es el color del alma, y no el de la piel, lo que realmente distingue a los hombres. Jimmy sonrió y cerró los ojos. A lo lejos cantó el gallo de los Carmichael para avisarle al mundo que la vida continuaba, y que siempre habría de continuar. Lucio niega con la cabeza y sale de nuevo. Camina hasta mitad de la calle; ahí espera a dos mujeres obesas que dejan de hablar cuando lo ven. ¿Quieren leer un libro? Pasen, no tienen que pagar. Tal vez les guste *La tentación creadora*. Es sobre un seminarista con una gran pasión por la pintura, y ante todo desea pintar desnudos. Cállese, Lucio, ya no tiene edad para eso, dice una, en vez de andar leyendo acompáñenos hoy a rezar para que termine la sequía. Lucio siente que le palpitan las sienes cuando las mujeres se retiran bamboleando sus caderas; una lleva una gallina muerta; la otra, una sombrilla. Sin duda el seminarista no aceptaría pintar desnudos de esas señoras. Amaba el arte, pero más amaba tener enfrente a las jóvenes sin ropa. ¿Me voy a salvar?, le preguntó Larissa cuando dejó caer su vestido. El seminarista le entregó unos lirios, le ordenó que los alzara con su brazo derecho, sin que le cubrieran los senos, y volvió frente a su lienzo. Claro que te salvarás, le respondió, porque ya no eres Larissa sino Santa Inés en las puertas de un lupanar, y pronto estarás decorando la habitación de fray Esteban, y fray Esteban rezará cada noche por ti, porque se le conceda antes de morir la gracia de tocar tu cuerpo.

Aunque la gallina muerta no le parece atractiva, Lucio la piensa implume y cocida en el centro de una mesa. Una pata, susurra, y se ve mientras la remoja en un plato de frijoles molidos. El sexo puede saciarse con imaginación, se dice, pero el hambre se vuelve peor. Entra en su biblioteca y cierra la puerta. Se siente humillado por haber invitado a esas mujeres a leer; debe vencer la tentación de ir tras ellas y pedirles algo de comida, debe ser fuerte como ni fray Esteban lo fue. Si tan sólo una de esas señoras de Icamole se interesara en los libros las cosas serían diferentes. Vengo a ver qué libro me recomienda, don Lucio, y de paso le traje unos tacos; o me mandó mi mamá por una novela y me pidió que le dejara esta sopa. Así pasa con los curas. Así debería ocurrir conmigo.

Abre un libro y se pone a leer. Ha tomado la precaución de que sea una novela reciente, pues éstas ya no se ocupan de describir los detalles de una comida, a menos que vengan de escritoras, o a menos que el autor sea un latinoamericano que en sus inicios creyó que la escritura corregía males sociales y con el paso de los años prefirió entretener a las señoras de charol que le solicitaban su autógrafo entre lisonjas y coqueteos y amor por lo extranjero, porque un día fui pueblo, señoras mías, pero ahora soy afrancesado o germanista o bulgarista; mi personaje esgrimía un puñal, y ahora lleva una copa de vino; dormía en un callejón, pero ahora se lamenta de que su hotel no tenga vista al mar. Apenas el día anterior había desechado una novela de ésas. El narrador se sentaba a la mesa y decía: Sara eligió una espléndida botella de Château Certan-Marzelle 98 para acompañar la ensalada périgourdine, la cocotte de porc à l'ananas y el brie de Coulommiers, y en lugar de postre ordenó unas Crêpes aux moules preparadas con un excelso vin de paille. Esas líneas y la descripción que continuaba sobre más viandas y botellas y vocablos en cursivas no provocaron la menor reacción en su estómago. Con esos nombres extranjeros me da lo mismo si hablan de comida o de refacciones para una máquina; esas botellas podrían ser de aceite y tal vez la cocotte fuera un engrane. Censuró la novela en la página treintainueve. Conocía otros libros de Antonio Pedraza, de cuando en su biografía enlistaba sus publicaciones y no sus viajes por el mundo; entonces su prosa sí expresaba algo, se ocupaba de gente sin tarjeta de presentación y que caminaba por una calle cualquiera, una calle que se llamaba calle y no rue. Este hombre ya no escribe para mí, dijo Lucio. Se puso en pie y dejó caer la novela. Antonio Pedraza, descanse en paz.

Y su resentimiento contra ese novelista le sosegó el hambre, que no resurgiría hasta ver las tortillas y la gallina.

El pueblo sin agua y yo sin comida. No está mal para un final de novela, se dice, la gente se va de Icamole y yo muero de hambre.

El cencerro se escucha por todo Icamole, lo cual no es decir mucho: más o menos cuarenta casas desalineadas como carretones mal estacionados a lo largo de una cruz de calles sin pavimento; unas pocas, como la de Remigio, rodeadas por muros de adobe; otras, con malla o alambres de púas que evitan la salida de chivos y gallinas y, sobre todo, que impiden la entrada de animales rapaces; algunas más, protegidas por vallas naturales de nopales plantados en línea, muy cerca unos de otros; y, finalmente, unas cuantas, las que no tienen nada que ocultar o proteger, parecen meras rocas en el descampado. Las mujeres y algunos hombres dejan sus quehaceres para tomar botellas, jarras, garrafones, y dirigirse hacia donde Melquisedec hace sonar el cencerro. Se forman cinco filas, una detrás de cada tambo, y cada quien va llenando sus recipientes en orden, sin empujones ni protestas, pues saben que el agua alcanza para todos; sólo les extraña ver ese día también a Remigio, con un bote de plástico. La señora Vargas se le acerca al oído, aunque de cualquier modo habla en voz alta. La gente dice que su pozo todavía le da de beber. No, señora, responde Remigio, es que yo soy solo y así todo me rinde más. No le explica que aún tiene agua para bañarse y para el aguacate, sólo para eso, pues la ley de supervivencia indica nunca beber del agua donde flote muerto un animal y, para el caso, la niña no es sino un animal muerto, con humores que no llegarán diluidos a todas las casas, se quedarán en su pozo, en su charco de medio metro, espesos y fragantes. Yo más bien pensaba, dice el señor Treviño, que usted tendría cajas de cerveza. Eso sí, responde Remigio con ganas de que noten su cara limpia, tengo dos botellas, sólo dos, y las beberé en una ocasión especial. Apenas habla le viene un sentimiento de lástima por todos: a falta de clases sociales, en Icamole se marcan diferencias con pequeñas cosas, como una cara limpia, unas manos sin callos, con la boca encogida de esa mujer, la señora Urdaneta, que ahora toma su ración de agua mientras dice que su jarra la hicieron con barro de la mejor calidad. La trajo mi yerno de Tlaquepaque y está pintada a mano; miren, son unos girasoles que hasta parecen de verdad. Remigio observa la jarra con deseos de romperla a martillazos. Está seguro de que el vestido de la niña sería envidiado por todas.

Melquisedec vigila el proceso montado en su carreta y gesticula su disgusto cada que alguien derrama unas gotas de agua. Es esfuerzo vano de mis mulas, dice sin que nadie le preste atención. Cuando todos terminen de llenar sus recipientes, volcará el agua remanente en un abrevadero para los chivos y para sus propias mulas.

Tengo un aviso que darles, Melquisedec alza la voz cuando hay una buena cantidad de gente reunida en torno a su carreta. Se perdió una muchachita allá en Villa de García. Es hija de una viuda de Monterrey, y las dos andaban de paseo por estos rumbos. Las autoridades nos piden que estemos atentos a cualquier cosa extraña, sobre todo si vemos a un desconocido. En ese caso nos piden que lo detengamos y les demos aviso. Tras unos segundos de silencio, salvo por el chorrear de líquido, el señor Hernández pregunta: ¿O sea que si vemos pasar a un desconocido hay que apresarlo? ¿Y si no se deja? ¿Lo golpeamos y lo amarramos? ¿En casa de quién lo vamos a guardar? Melquisedec encoge los hombros.

¿Cómo es la niña?, pregunta la señora Vargas. No lo sé, responde Melquisedec. ¿Qué edad tiene? Los hombros continúan alzados. Tampoco lo sé, pero mañana les prometo más información.

Remigio besa la boca de su bote de plástico y bebe copiosamente. Qué diferente resulta el sabor del agua corriente al de la estancada.

Lucio retira la vista de *El otoño en Madrid* cuando la puerta se abre. ¿Qué te trae por aquí?, pregunta sin quitar el índice de la última palabra que leyó, a mediados de la página sesentaitrés. Remigio cierra la puerta y avanza hasta el escritorio, donde coloca una bolsa muy cerca del libro. Son aguacates, dice, y tortillas. Lucio toma un separador y lo inserta entre las páginas. ¿Y yo para qué quiero aguacates? Remigio los saca de la bolsa; son dos, de cáscara tersa, púrpura de tan negra. Las tortillas invaden el ambiente con su aroma como lo hicieron las de la señora de esa mañana. Para nadie es un secreto que te estás muriendo de hambre. Prepárate unos tacos, en la bolsa hay cubiertos. Por no verse muy ansioso, Lucio abre de nuevo *El otoño en Madrid* y pasa unos segundos los ojos sobre las frases. Natalia, mi Natalia, te he referido una y cien ocasiones que la ciudad es un escaparate donde se exhiben mis tristezas, mi falta de ti, mi incapacidad de percibir la belleza si no surge de tu rostro. A mí me basta con que me lo refiera una vez, dice Lucio y saca del cajón el sello de censurado. Otro gachupín con más glosa que prosa, murmura, pero al menos en Madrid llueve y las muchachas llevan falda corta. Rebana el primer aguacate en cuatro y coloca los trozos sobre sendas tortillas. Sabe que tiene hambre para comerse todo de una vez, pero decide guardar el segundo aguacate. No te vi surtiendo agua con Melquisedec, dice Remigio para iniciar la conversación. Ayer llené mi jarra, y apenas va a la mitad. Entonces no habrás escuchado la noticia. Lucio niega con la cabeza en lo que muerde su taco. Ahora que está comiendo se pregunta qué habría sido de él si no aparece Remigio; leyendo se me pasa el tiempo, se me olvida el hambre, pero llega la noche y se vuelve imposible dormir. *El otoño en Madrid* inicia con dos meseros que desprenden un par de jamones del mostrador de un restaurante y con ellos se golpean mientras desde la acera los mira un inmigrante africano. A ellos les resulta gracioso; a Lucio le pareció la sentencia de una noche sin sueño pensando en la carne de puerco. Comoquiera le sedujo el inicio. Ambos jamones vienen del mismo animal, y tras cada golpe que se dan los meseros, el autor se remonta al matadero para relatar la llegada del cerdo en un camión pestilente y la preparación para el sacrificio. Al fin un españolito que sabe escribir, se dijo, pero al pasar las páginas resulta que la escena se trunca antes de la muerte del cerdo, justo cuando el matarife afila el cuchillo, y a continuación la vista se centra en una mesa junto a la ventana, donde un joven ve pasar a las madrileñas mientras redacta una carta de amor que hasta el momento en que Remigio entró se alargaba a la página sesentaitrés. No sé por qué te confieso todo esto, escribe el joven a su amada, y Lucio tampoco tiene la más remota idea; en cambio imagina lo que pudo ser una novela de matadero: cruda en los sacrificios de cerdos, ligera en la cotidianidad de los meseros que sirven la carne de esos animales, y sutil en su significado, con el paso de inmigrantes africanos por la acera de enfrente. Remigio aprieta los puños antes de hablar. Melquisedec dijo que se perdió una niña en Villa de García. Lucio se pone en pie, toma el libro y se encamina hacia una puerta gruesa que da al cuarto contiguo; un pasador herrumbroso con candado clausura la puerta; sin embargo, en la parte superior tiene una abertura disimulada con una cortinilla. Le mienta la madre a

Jordi Ventura, el autor. Demasiadas páginas para decirme que el joven está triste porque se fue su amada. Yo perdí a mi mujer, una mujer prodigiosa, no una puta madrileña, y me bastaría con hallar media página sobre ella. Abre la cortinilla y por el hueco arroja *El otoño en Madrid*. No lo perdones, señor, dice, porque sabía lo que hacía. Regresa a su lugar y prosigue con el resto de los tacos. Hoy no me ha ido bien con los libros. Ya condené a dos. Termina de comer y se pasa la uña del meñique por los dientes. Remigio golpea el escritorio con los nudillos para mostrar su impaciencia. ¿Me vas a poner atención? Lucio sonríe. Te he escuchado cada palabra y he observado tus gestos y movimientos, tanto así que puedo apostar que los aguacates no me los trajiste porque tengo hambre; comienzo a imaginar que tienen algo que ver con la niña perdida. No está perdida, aclara Remigio, al menos no para mí; la hallé muerta en mi pozo de agua y no sé qué hacer con ella. Por supuesto, dice Lucio, debí imaginarlo, porque los aguacates tienen cierto parecido con las berenjenas, y Zimbrowski le lleva berenjenas a su padre cuando le confiesa que asesinó a Enzia, la hija del telegrafista. Zimbrowski se echa a llorar y pide perdón de rodillas. No quise hacerlo, fue el alcohol, el deseo, la locura; no fui yo porque esa noche yo era otro, un monstruo, un ser despreciable, pero no tu hijo. Su padre lo golpea con la rodilla. Le llama cobarde, arroja las berenjenas por la ventana y él mismo se encarga de entregarlo a la policía. Cuando el telegrafista conoce la verdad sobre la muerte de su hija, compone un cable en clave Morse: Zimbrowski, maldito seas mil veces, y lo envía a todas las intendencias. Tú no tiraste los aguacates por la ventana, dice Remigio. Se hace un silencio en lo que Lucio regresa los cubiertos a la bolsa. Son más las diferencias, dice, el padre de Zimbrowski amaba a Enzia; la consideraba su nieta, y siempre vivió bajo un código de honor militar. Antes la deshonra del infierno que el infierno de la deshonra, solía decir. Yo no la maté, Remigio alza la voz para dar por terminada la historia de Zimbrowski y comenzar la suya. Relata en pocas palabras su encuentro con la niña muerta y sus problemas para sacarla del pozo, cerrarle los ojos y ponerla a secar. ¿Secarla?, interrumpe Lucio, ¿tu pozo tiene agua? La tengo en la casa, en el suelo, sobre una toalla en la cocina. Lucio mira la bolsa de papel y comprende que hay un abismo entre aguacates y berenjenas. ¿Quién te dijo que yo paso hambre? Tengo una niña muerta, creo que ése debe ser el tema de nuestra conversación. Lucio se mantiene indiferente y va hacia una pila de cajas ceñidas con flejes y cintas. Aún me falta mucho por leer, pasarán años antes de que clasifique todos estos libros. Remigio se acerca de mal humor. Para nadie es un secreto que perdiste tu empleo hace mucho. Dicen que se te acabó el dinero, que ya no vas a la tienda de Romelia; se te nota flaco, te ves enfermo. No es indigno que un hijo ayude a su padre. Lucio vuelve a su silla; se arrellana y cierra los ojos. ¿Qué sabes de esa niña? Sólo que es hija de una viuda que estaba de visita en Villa de García; la andan buscando y le pidieron a la gente de Icamole que esté alerta. Lucio niega con la cabeza; luego habla queda y lentamente, como hundiéndose en un sueño. La tuviste en tus manos, en tu pozo, la sacaste, la llevaste a la cocina, sin duda la has estado mirando y a lo mejor otras cosas; sospecho que aún no me dices todo. Yo no la maté, insiste Remigio. De eso estoy seguro, Lucio abre los ojos, mira con apatía, fue el alcohol, el deseo, la locura. Remigio acerca una silla y se sienta frente al escritorio. Le cuesta trabajo hablar. Ha de tener trece años, su piel es muy blanca y sus cabellos muy negros, de cáscara de aguacate; trae un vestido de fiesta y le falta un zapato. ¿Es todo? Sí, es todo. ¿Cómo murió? Remigio guarda silencio. ¿Trae bien puesta la ropa? ¿Los calzones están en su lugar? Sí. Sí. Lucio deja el sopor y se endereza. ¿Los revisaste bien? A veces el criminal se equivoca y los pone con la etiqueta en el ombligo. No me interesa lo que ocurrió, Remigio va hacia la jarra de agua y da varios tragos, sólo quiero evitar que me suceda algo. Debería interesarte; tu suerte no será la misma si los calzones están al revés; a Zimbrowski lo ahorcaron. Creo que fue un error venir contigo, Remigio duda un segundo en llevarse el aguacate restante, se dirige a la salida. Espera, Lucio alza la voz, no tienes de qué preocuparte, si la niña tiene sobrepeso y el cabello rizado pronto se sabrá la verdad; su profesor de matemáticas la empujó por las escaleras en un arranque de ira, porque la muy idiota no se sabía ni la tabla del seis; pero él mismo va a confesar y explicará dónde arrojó el cadáver, así que lo mejor es que vuelvas a echarla al pozo. Ni gorda ni cabellos rizados, dice Remigio, la que tengo en casa es magnífica. Mala suerte, dice Lucio, entonces sí estás en problemas porque la niña debe tener los ojos claros y un lunar en la mejilla izquierda y ningún profesor de matemáticas aceptará la responsabilidad. Remigio se acerca; no recuerda haberle mencionado eso. Ojos claros, sí, uno abierto y otro cerrado, y el lunar del lado izquierdo. Lucio da un golpe con las palmas en los muslos. Sonríe satisfecho de haber acertado en la segunda oportunidad. Entonces se llamaba Babette, dice, tenía doce años, y te la voy a describir como sólo Pierre Laffitte supo hacerlo. Se apresura al librero y toma un volumen. Comienza a leer tras hojearlo unos segundos. A los doce años, Babette poseía la vanidad de una mujer mayor y gustaba de llevar vestidos ceñidos en la cintura, que mostraran un mínimo de pantorrilla. Adoraba los días de viento porque el revoloteo de su negrísimo cabello hacía fulgurar sus ojos claros, tristes, de plomo; ojos siempre viendo el horizonte, más allá de su delicada nariz. Aunque de piel muy blanca, al punto de traslucir venas azules en brazos y mejillas, no daba la impresión de ser enfermiza; todo lo contrario: quien la mirara detenidamente notaría una carne compacta, severa para su edad y casi varonil, a no ser porque unas incipientes formas de mujer comenzaban a perfilar una hechura de esas que silencian voces a su paso. Su palidez, en las noches de luna, la hacía parecer que algo tenía de divino. Brillo era lo que mejor la definía, en ojos, cabello, rostro, piel y hasta zapatos siempre lustrosos. Brillo, sobre todo, en su sonrisa, las pocas veces que sonreía. Mas el hado jamás otorga mercedes sin cobrar réditos, y todo lo que en Babette era gracia y garbo habría de volverse su perdición. Quizás el lunar en su mejilla izquierda era una lágrima petrificada, una lágrima que servía como anuncio de lo que estaba por venir.

Lucio da vueltas en torno a su escritorio mientras lee; Remigio había comenzado a escuchar cruzado de brazos, fastidiado, mas el interés le va ganando a medida que capta las palabras y no puede sino igualar esa descripción a la niña que tiene en casa. En las novelas las niñas se hicieron para desearse, ultrajarse o asesinarse; además de *La muerte de Babette*, Lucio señala algunos puntos de un librero, tenemos *Calcetas rosas*, *Ciudad sin niños*, *El hospicio de los inocentes*, *La hija del telegrafista* y muchas otras. Claro, hablo de novelas escritas por hombres; las escritoras hacen crecer a las niñas y las ponen a sufrir del corazón. ¿Y qué pasa con Babette? Está oscureciendo; Lucio va a la puerta y, tras comprobar que la calle se encuentra vacía, entra y corre el pasador. Todo ocurre en París, el 14 de julio de 1789, y no te voy a explicar por qué esa fecha es importante, pero en las calles había una multitud dispuesta para la violencia. Babette se ve sorprendida en medio de esta turba y se echa a correr, temerosa, porque esas personas no son de su clase. Cuando la ven con un vestido tan fino, ese vestido de fiesta que me contaste, algunos la persiguen. Traen palos y azadones y armas de verdad. Babette se apresura llorando hacia un portal y hace sonar la campanilla con desesperación; la puerta se abre y se cierra justo a tiempo, y nunca más se vuelve a ver a Babette. ¿Y luego?, Remigio se decepciona, esa historia no dice nada. No es lo mismo contada que leída; ocurre que hay un simbolismo entre la campana que toca Babette, la de su perdición, y la que tocan los parisinos, la de la libertad. Sin duda el autor era monárquico. Quiso dar a entender... ¿Pero qué le pasa a Babette?, interrumpe Remigio. Ahí termina la novela. La frase final dice... abre el libro por la contraportada y recorre la página con el índice antes de leer. Campanillas, gritos y campanas; gritos dentro y gritos fuera y más campanas, pobre Babette, pobre de ti, campanas y más campanas, un país que se cree libre, una niña que no cree en nada. Una historia no puede terminar así, protesta Remigio. Claro que puede, y no hay duda sobre el final. Pierre Laffitte ya lo dice en el título, entonces evita repetirlo en la trama. Lo que importa es que ahora sabemos un poco más que el resto de los lectores; ahora sabemos que Babette terminó en un pozo de agua. ¿Y yo dónde voy a terminar? ¿Lo dicen tus libros? Hoy estuve leyendo uno: dos hombres montados a caballo llevan a otro a pie, atado de manos, conducido a la fuerza por una soga al cuello. Puedo imaginarte en ese recorrido de aquí a Villa de García; tú dirás yo no la maté, y alguien te llamará cobarde y te golpeará con la rodilla, porque en ese recorrido no hay puentes ni ríos. Aunque igual puedo verte haciendo una fosa que se trague para siempre a Babette tal como una puerta que se cierra. Yo también he pensado en enterrarla, pero es difícil disimular un hoyo con la tierra tan seca, por más que uno la apisone siempre queda la cicatriz. Mi otra opción es esperar la madrugada y llevármela lejos, tirarla por ahí para los coyotes, detrás de una loma; pero en este pueblo siempre hay alguien con los ojos abiertos, sobre todo ahora que me siento vigilado por quien haya puesto a esa niña en mi pozo; ha de estar esperando a que yo cometa un error para dar la voz de alarma. Y si no es hoy será otro día, pero esa persona acabará por dar un pitazo. Yo te aconsejo, comienza Lucio, pero Remigio lo interrumpe. No vine por consejos, sólo quería contarte lo de la niña porque si las cosas se complican me gustaría que fueras mi aliado y le explicaras a todos que esa niña apareció en mi pozo sin que yo tuviera nada que ver. Lucio asiente lentamente y se dirige a abrir la puerta. Imagina que la única forma de hacer lo que Remigio le pide es echándose él mismo la culpa. Hijo, hagas bien o hagas mal, puedes contar conmigo, le dice, y muy pronto se arrepiente de la frivolidad de su frase, digna de un negro a punto de ser lanzado al río Colorado.

Con el retazo de luz de luna Lucio mira su biblioteca. Parte del enjarre se ha caído; por eso sobre la puerta apenas alcanza a leerse la palabra bibliote; las últimas dos letras amanecieron hechas migas en el suelo tras una noche ordinaria, sin una fuerza especial que las derribara, salvo la edad y el abandono, unas letras que él mismo había escrito con chapopote y pulso desigual el día en que recibió la primera remesa de libros: quinientos siete ejemplares, de los cuales sólo ciento treinta habrían de pasar al librero. Los demás cargaron con el sello de censurado.

En aquella remesa le causó especial asombro la novela *Los peces de la tierra*, de Klaus Haslinger, el famoso naturalista alemán convertido en escritor. No le sedujo la trama sobre Fritz y Petra, una pareja que visita varios lugares en busca de un sitio dónde vivir, pues a Lucio le pareció una mera excusa para que Haslinger hablara sobre terrenos, plantas y animales, usando lo mismo nombres comunes que técnicos o en latín; sin embargo, cuando estaba por abandonar la lectura, la pareja arribó a un sitio que, a Lucio no le cupo duda, era Icamole. Fritz tomó la mano de Petra y la apretó con excesiva fuerza al sentirse tan entusiasmado. Me lastimas, dijo ella. Él respondió: Mira, Petra, nuestro paraíso. Tan pronto comenzaron a descender hacia ese pequeño valle, se sintieron en otro mundo: el camino de tierra se había trasmutado en uno de arena rojiza que crujía con cada paso; bastaba inclinarse y mirar la superficie de cerca para distinguir·conchas marinas, caracoles, fósiles de trilobites y nautilos. La vegetación era extraña también: aquí y allá se alzaban unas plantas delgadas, con decenas de brazos que pretendían alcanzar el cielo y danzaban al compás que les marcara el viento, cual algas que se mecieran con la corriente y desearan acariciar la superficie. Las rocas se esparcían por todo el terreno con una disposición que sólo el agua podía haberles dado, ya que no lucían enterradas, sino acomodadas. Fritz indicó los dos cerros que tenían enfrente, uno escarpado, otro con una pendiente ligera, los dos mostrando un corte a la misma altura. Ahí es donde golpeaban las olas, dijo señalando el corte. Ambos conocían el pasado precámbrico de la tierra bajo las aguas, pero este lugar les hizo pensar que el mar había desaparecido apenas unos minutos atrás. Petra imaginó que si aguzaba la vista distinguiría algunos peces aleteando desesperados por no hallar respiración, pero no quiso compartir su idea porque en su mente los peces eran barbus barbus, que, como todos saben, son de agua dulce. Continuaron avanzando cuesta abajo, hacia el caserío que se hallaba en el fondo. Se acabó la búsqueda, dijo Fritz, aquí nos quedaremos. Sí, asintió Petra, viviremos en el fondo del mar. Y a medida que se acercaban, Fritz comentó que si el villorrio no luciera tan modesto pensaría que se trataba de la Atlántida.

A Lucio le pareció desatinado comparar Icamole con la Atlántida, una simpleza de Fritz o de Haslinger, y no conocía a los barbus barbus, pero igual continuó leyendo. La historia de Fritz y Petra termina mal; nunca pudieron adaptarse a las costumbres del lugar, y los habitantes, iracundos porque veían en los recién llegados una amenaza con otro idioma, dos intrusos con más ganas de enseñar que de aprender, toman la decisión de expulsarlos. Cuando ambos salen del valle tomados de la mano, igual que como entraron, alguien arroja una piedra que golpea a Fritz en la cabeza. Aunque le saca sangre, la herida no es grave. Él se agacha a tomar la piedra y nota que tiene un trilobites impreso en ella. La echa en su bolsillo y, tras reconsiderarlo, la tira al suelo. No quiere pruebas sobre su estancia en ese lugar; prefiere el recuerdo, siempre más grato. Reanuda la marcha y dice: Si no pudimos ser peces, habremos de ser reptiles. Lucio no comprendió el final ni quiso comprenderlo; sólo le interesó aquel párrafo que narraba la entrada de la pareja a Icamole.

Nadie compartió su interés. Aquí nunca ha venido un alemán, le decían, seguro es un sitio que se parece a Icamole, pero no es, nunca será Icamole; y la insistencia de Lucio se volvió en su contra, pues para cuando llegó el día de abrir la biblioteca, ya la gente estaba llena de argumentos contra los libros: las novelas cuentan cosas que no existen, son mentiras. Si acerco las manos al fuego, le dijo un hombre, me quemo; si me encajo un cuchillo, sangro; si bebo tequila, me emborracho; pero un libro no me hace nada, salvo que me lo arrojes en la cara. Otras personas rieron ante este comentario y el tema quedó saldado. No obstante, Lucio decidió nombrar la biblioteca en honor de Klaus Haslinger y trazó su nombre a un costado de la puerta con las mismas letras irregulares de chapopote.

Corrió el tiempo y Lucio no tuvo motivo de queja: cada quincena lo visitaba el pagador y de vez en cuando el correo le dejaba un paquete con libros en Villa de García. Además pasaba el día leyendo con muy pocas interrupciones. Sin embargo, había llegado un nuevo gobierno al estado y muy pronto se dio a notar. Primero exigió que la biblioteca llevara el nombre de Profesor Fidencio Arriaga, un líder sindical de los maestros al que acuchillaron en una zacapela, para lo cual envió un letrero de lámina con el que Lucio hubo de cubrir el nombre de Haslinger; después solicitó que, en aras de un mejor uso de los recursos, cada director de biblioteca expidiera un reporte trimestral sobre la cantidad de visitantes, los libros prestados, los perdidos y las consultas hechas a enciclopedias y textos escolares. A Lucio no le hacía falta llevar registros para llenar ese reporte; pues al principio atendía un promedio de tres lectores por semana, todos alumnos de la escuela de Icamole, y todos con el propósito de consultar la enciclopedia. Cuando decidió regalar la enciclopedia a la escuela, se volvió un evento ilusorio que alguien entrara a buscar un libro.

Tras el tercer reporte Lucio recibió la notificación oficial de que a partir de ese momento la biblioteca Fidencio Arriaga se declaraba cerrada indefinidamente, por lo que ya no recibiría más lotes de libros ni la cuota de mantenimiento. Lucio respondió con una carta colérica a las autoridades estatales, declarando que así como el agua hace más falta en el desierto y la medicina en la enfermedad, los libros son indispensables donde nadie lee. Además, aclaraba, la biblioteca está instalada en mi propiedad y nadie tiene derecho de exigirme que cierre las puertas de mi casa. No obtuvo respuesta. Tampoco lo volvió a visitar el pagador.

El primer golpe de zapapico le advierte a Remigio que no es buena idea enterrar a la niña esa noche. Aunque el viento sopla con fuerza, no hay árboles que crujan a su paso, hojas que aplaudan, ni obstáculos que lo hagan ulular; apenas algunas ramas del aguacate crepitan suavemente. Así es imposible disimular los golpes del acero necesarios para abrir esa arena compacta, tenaz. Esta tierra no se escarba, dicen en Icamole, se rompe, y la costumbre ordena hacer el mínimo de excavaciones debido a un evento ocurrido en 1876, cuando tras proclamarse el Plan de Tuxtepec para repudiar la reelección, Porfirio Díaz se alzó en armas contra el gobierno del presidente Lerdo de Tejada. Comenzó su campaña armada por el norte y, al no dar con la manera de invadir Monterrey, deambuló por el desierto hasta llegar a Icamole, donde hubo de enfrentarse a las fuerzas leales del gobierno federal. La derrota de Díaz fue mayúscula, y el terreno de fondo de mar con tanta piedra esparcida, algunas redondas, la mayoría filosas, resultó pésimo para huir; los soldados vencidos tropezaban o se atoraban entre la variedad de plantas con espinas. Algunos historiadores cuentan que un gran número de muertos exhibía balazos en espalda o nuca, y también que Porfirio Díaz lloró la aniquilación de su ejército, ganándose el mote del Llorón de Icamole y las burlas de algunas personas a las que no les quedó otro gusto que el de seguirse burlando, año tras año, pues ese llorón habría de recuperar su fuerza, aplastar a sus enemigos y reelegirse presidente a voluntad, como nadie más lo supo hacer. Sin embargo, estos hechos que forman un capítulo de la historia del país, para Icamole siguen integrando su presente, pues cada soldado muerto fue sepultado justo en el sitio donde cayó, sin cruz ni lápida ni bayoneta ni bandera ni féretro ni escapulario ni flor ni equis de piedra ni mano salida ni hebilla del cinto ni palo de escoba ni verga parada ni cacto marcado ni carta a la madre ni oro del diente ni ojo de vidrio ni esquela mortuoria ni aviso oportuno ni nada de nada, y así, sin indicación alguna, en Icamole ha sido accidente común que al excavar para una fosa séptica, unos cimientos o un pozo de agua, se profane una de estas tumbas improvisadas; entonces hay que llamar a un cura, y el dueño de la parcela es responsable de costear la nueva sepultura bajo una lápida sin certeza de nombre, en el panteón de Villa de García, el único autorizado en la región por las autoridades de salud. Por eso desde 1876 no hay entierros en Icamole, costumbre que Remigio está por contrariar.

Ya no deja caer el zapapico; lo coloca sobre la superficie de arena y lo mueve en vaivén, usándolo para rascar. Comoquiera el ruido es notorio, incluso misterioso. Remigio decide esperar hasta el día siguiente cuando los golpes se pierdan entre pasos, conversaciones y traqueteo de platos, cubiertos y ollas de peltre. Sólo habrá de confiar en que ningún mocoso se asome por la barda justo cuando tenga a la niña en brazos, tal como a veces lo hace el gordo Antúnez para pedirle aguacates.

No quiere entrar en la casa, no tiene ganas de dormir ni desea rumiar las horas bajo el mismo techo que la muerta. Más vale pasarse la noche en vela, vigilar que nadie lo vigile, que nadie se salte el muro. Piensa en la palidez de Babette y se pregunta si tendría el mismo tono cuando era vanidosa y mostraba la pantorrilla. Piensa en los calzones al revés, en confirmar si están bien puestos, orientados como se debe, y en el trámite rozar accidentalmente ese pequeño trasero. No, Babette, los traes al revés; ahora tendré que quitarlos para volverlos a poner; y resulta que no, perdón, me equivoqué, estaban correctamente puestos y ahora están al revés. Va al árbol y palpa los aguacates en la oscuridad hasta dar con el más terso; lo acaricia. Babette, ojos tristes, sonrisa que brillaba; ya no sonríes. Lo arranca y va hacia el pozo para lanzarlo con fuerza al fondo, para escuchar el choque con el agua e imaginar una vocecilla que dice aquí estoy, Remigio, aquí te espero.

La luna ha recorrido medio firmamento cuando Remigio nota que alguien toca a la puerta. Antes de abrir toma el machete. ¿Quién?, pregunta. La voz de Lucio es reconocible a pesar de hablar en susurros. ¿Estás loco? ¿Qué haces a esta hora? Remigio abre y con una seña de la mano le indica que se apresure a entrar. Lucio trae un libro y se lo extiende a Remigio. Toma, aquí está la solución. *El manzano*, lee Remigio la portada, cuarta edición, Alberto Santín. La luz llega oblicua desde la cocina, el único cuarto que permanece con el foco encendido. Voltea el ejemplar para examinar la contratapa. Un hombre intenta a toda costa ocultar el crimen que cometió, pero se llevará una sorpresa cuando su víctima encuentre la manera de denunciarlo desde el más allá. Remigio deja caer el libro sobre la mesa del comedor. Yo no quiero ocultar un crimen, sino un cuerpo.

Lo siguiente fue sostenerse la mirada. Soy inocente, insiste Remigio en silencio. Los ojos de Lucio, en cambio, se muestran severos, sin intención de revelar nada. Puse un separador en la página que debes leer; son casi trescientas páginas y te pido que leas una, creo que es un buen trato. De acuerdo, pero vamos a la huerta. En el trayecto Remigio toma la lámpara que había bajado al pozo cuando por primera vez vio a la niña. Y pensar que estuve a punto de censurar esta novela, dice Lucio, sólo se salvó porque el pene del protagonista es breve, y eso me parece insólito; por lo general los escritores quieren verse en sus personajes y hablan de enormes miembros y amantes perfectos y erecciones monstruosas. Me da lo mismo, dice Remigio, y abre el libro donde indica el separador. Comienza aquí, Lucio señala el segundo párrafo de la página impar. Él sabía que sin cadáver no habría crimen que perseguir ni, por lo tanto, acusado que procesar ni presidiario que purgara una condena en esas asfixiantes mazmorras veracruzanas donde se aseguraba que aún no existía el hombre, por muy bragado, que no acabara por llorar arrepentido. Piedad, misericordia, yo no hice nada, dicen que se escuchaba en esas galeras que recordaban los confinamientos de otros siglos, cuando los jueces eran más severos y la tortura se practicaba como cosa moralmente buena y se mataba en el nombre de Dios. Remigio quita la vista del libro para ponerla encima de Lucio. Si lo que quieres es asustarme, lo estás logrando. No te fijes en eso, quizá debí pedirte que comenzaras más adelante, pero ya me conoces y me agrada esa crítica que se hace a la iglesia. Anda, síguele. Empujó el pequeño cuerpo con la punta de su bota y se repitió satisfecho: no habrá cadáver, nunca lo habrá. Entonces sonrió con tal mueca que, de haberlo visto alguien, juraría que se trataba de la sonrisa de Lucifer. Otra vez Remigio abandona la lectura. Puedo aceptar que Babette y la niña de la cocina sean la misma persona, pero a este hombre ya lo están comparando con el diablo. Son sandeces de Santín, nadie puede jurar que se trata de la sonrisa del diablo porque nadie lo ha visto sonreír ni no sonreír, es un recurso dramático, inútil, pero eso nada tiene que ver contigo. Ten paciencia y continúa. Tomó el desdichado cuerpo de los cabellos y lo arrastró hasta el pie del manzano. Luego se inclinó, palpó las raíces e imaginó cómo sería su disposición bajo la tierra. Eligió un punto a dos metros del tronco para comenzar a excavar. Hizo una zanja profunda de modo que apenas su cabeza sobresalía y a continuación perforó un túnel dirigido hacia el corazón de la maraña de raíces del manzano. Luego introdujo el cuerpo del niño por ese túnel hasta depositarlo entre raíces sedientas, raíces que se enredarían cual boa, cual madreselva, y devorarían cada átomo de carne y de hueso con mayor avidez que las bestias del bosque. Éste es un niño, dice Remigio, señalando justo esa palabra. Lo sé, responde Lucio, y aquél es un aguacate.

Por la mañana llegan dos policías rurales. Hacen preguntas aquí y allá, nada que parezca una investigación formal, acaso vienen a intimidar con sus uniformes caquis y sus brillantes cuarentaicincos que ostentan en gruesos cintos embalados. Ambos con paliacate al cuello que se desanudan de vez en vez para secarse el sudor de la frente, echándose el sombrero hacia atrás, pues no se lo quitan ni para hablar con una anciana. ¿Han visto a una niña por aquí? ¿algo sospechoso? ¿raro? ¿un fuereño? ¿algún grito en la noche?, interrogan con el tono de quien da órdenes, y la gente de Icamole a todo responde negativamente, con temor. No tocan puertas, sólo cuestionan a quienes encuentran por la calle, y acaban molestos porque nadie les ofrece algo de comer ni de beber. Vamos a regresar, dicen por orgullo, por la vergüenza de irse con las manos vacías y no tener la menor idea sobre cómo conducir una investigación. Arrancan en una camioneta del mismo color que sus uniformes y hacen sonar una sirena inútil, dirigida a las hormigas del camino.

Y es que las hormigas coloradas y las cucarachas han comenzado a proliferar con especial fiereza. Algo encuentran en esta sequía que les ayuda a reproducirse, dicen unos; otros aseguran que siempre han estado ahí, como animales subterráneos, y que sólo surgen en las noches; pero llega el momento en que deben salir a la superficie para buscar su sustento a toda hora, a riesgo del sol y de los pisotones.

Lucio respeta a las hormigas por su voluntad de crear sus propios palacios; en cambio detesta el oportunismo de las cucarachas, que toman por asalto cualquier ducto, caverna, hueco, canal o amontonamiento de libros. Pero ese mismo desprecio lo motiva a criarlas y alimentarlas en el cuarto de al lado, donde arroja los libros censurados, pues considera que ése debe ser su indigno final. El fuego no le parece una condena adecuada; eso le da a un libro fatuo la utilidad de producir calor, la notoriedad de convertirse en luz. El infierno debe ser algo que consuma lentamente, entre orines y fauces que pulvericen con tenacidad portadas, solapas, fotografías de autores y autoras, con la pose intelectual de los primeros, el deseo de belleza de las otras. Los bichos han de regurgitar premios, logros y, sobre todo, elogios farsantes, como contundente prosa, una de las más grandes obras, muestra de la enorme calidad literaria, un lugar privilegiado en las letras, puede ingresar en el templo de los grandes autores, su obra ocupa un lugar aparte y tantos otros intentos por empujar libros sin motor propio. Imagina con placer a una cucaracha poniendo sus huevecillos cafés sobre esa turbia frase de Soledad Artigas donde aclara que Margarita se sintió un cometa que, más allá del firmamento, busca posarse en el planeta que la acoja cual amorosa mujer estéril; o dejando caer su minúsculo estiércol sobre personajes como Raúl Sarabia, que en vez de morir con dignidad, como Josep Trovich o Basualdo Fornes, fallece dando lecciones de historia y filosofía y falso amor por México, y deseaba que esa novela se cerrara de golpe, despanzurrando a la incauta cucaracha, haciéndola evacuar su linfa amarillenta sobre cualquiera de esos diálogos tan perfectamente elaborados como si me lo permite, licenciado Sarabia, he de decirle, sin embargo, que, no obstante su peculiar interés por la señorita Carrington, su deber es, ante todo, la patria, por lo que usted comprenderá, y sin duda estará de acuerdo… y así, la muerte de esa alimaña aplastada parecería una obra de arte entre tanto vocablo sin sabor. Tiempo atrás Lucio hizo un experimento: mientras leía *Ojos insomnes*, usó un pincel para embarrar miel sobre los paréntesis y guiones que tanto emplean ciertos autores con el propósito de subordinar o intrincar las frases. Para Lucio, esos símbolos son concesiones que da la gramática a los escritores torpes, a los que no atinan con el modo de encadenar las frases de manera natural, tersa. Engrapó una cuerda al lomo del libro y lo hizo descender al infierno. Un mes después lo extrajo. Le decepcionó que las cucarachas no hubieran mostrado preferencia por la miel, pues habían consumido por igual guiones, paréntesis, mala prosa y frases bien destiladas; luego lo aceptó como algo natural, pues las cucarachas no tenían por qué diferenciar lo que la masa de lectores no distingue.

Lucio tiene hoy otro libro para ese infierno, otra muestra de la formidable glosa española, *La verdad sobre los aman-*

tes, de Ricardo Andrade Berenguer, literato, crítico, periodista, musicólogo y cineasta que considera más importante la forma en que su protagonista acerca el cigarrillo al cenicero, las volutas de humo y el jazz en el fondo, que de veras revelar una verdad sobre los amantes. Se acerca a la puerta y abre la cortinilla. Escucha las bocas de los insectos mordiendo el papel.

Remigio aparece con un cesto repleto de aguacates y lo coloca en el suelo. Algunos lucen maduros; otros, cortados prematuramente. Alberto Santín es un imbécil, de seguro sólo imaginó las cosas y las imaginó mal; jamás ha hecho una zanja ni un túnel y es obvio que nunca ha enterrado a nadie. Tan fácil que resulta cuando lo cuenta: hacer pozo, hacer túnel, meter niño y asunto arreglado; pero nada hay tan complicado como introducir a una niña por un túnel angosto. Si la empujas por los pies se le doblan las rodillas; si la volteas y la empujas por la cabeza se le dobla todo. Tuve que recostarla sobre una tabla y meterla lentamente, porque además el túnel mostraba síntomas de venirse abajo. Sacar la tabla fue otro conflicto, y es que aun jalándola rápido se venía con todo y la niña. La sacudí en vaivenes y poco a poco el cuerpo fue quedándose en su sitio mientras la tabla salía. Tal vez le clavé algunas astillas, pero al fin quedó la niña envuelta en raíces de aguacate. Alumbré el túnel y fue poco lo que pude ver: una suela de zapato, un pie con la calceta a medio talón, la falda fruncida, la mano izquierda. ¿Y ahora qué? ¿Acaso explica Santín cómo se sella uno de esos túneles? No; se acabó el capítulo y pasemos a otras cosas. Tú sabes que es difícil apisonar la tierra de arriba a abajo. Ahora imagina apisonarla de un lado a otro. Al principio tomaba puños de tierra y los arrojaba con fuerza hacia adentro. Luego até un cucharón de cocina al palo de una escoba; lo cargaba de tierra y lo introducía hasta donde topara, ahí le daba la vuelta. Debí repetir eso miles de veces y aún así estoy seguro de que la tierra no quedó compacta; en cualquier momento puede aparecer una hondonada que va del pozo principal a las raíces. Cuando terminé me sobró mucha tierra, suficiente para cargar varias veces una cubeta y esparcirla por toda la huerta. ¿Cómo era el muertito de Santín? Lee la novela y lo sabrás. Tal vez lo haga, pero ahora dime cómo era. Lucio hace memoria por unos instantes. Trece años, moreno, huérfano, uniforme escolar, peinado militar. Mi niña era hermosa y nunca cerró el ojo derecho, ni siquiera cuando le vertí la primera andanada de arena con el cucharón. Aunque nunca lo voy a escribir, puedo imaginar cómo se adherían a su retina los granos de arena de las cucharadas que derramé sobre su rostro, cómo se metían por los huecos de la nariz, por la boca entreabierta. Alberto Santín siempre ha sido insulso, confirma Lucio, él nunca concebiría un cuerpo de niña en el fondo de la tierra que es el fondo del mar, entre conchas y caracoles y trilobites y olas de hace siglos, entre medusas que acarician las piernas y corrientes que la arrancarán de las raíces bajo tu aguacate para llevarla a una guarida de pulpo, donde la abracen como ni su propia madre lo hizo. A mí eso no me importa; sólo te pediría que la próxima vez me lleves un manual de sepulturero y no una novela. Pues a juzgar por todos los aguacates que trajiste Santín no debe estar tan errado. Y ante la interrogación en los ojos de Remigio, Lucio continúa. Su personaje corta todas las manzanas tan pronto entierra al niño. ¿Y luego?, cuestiona Remigio, la contraportada dice que las cosas le salen mal. Sí, todas las manzanas que brotan a partir de entonces traen la cara del niño; el asesino las corta y se las da a los burros, pero las manzanas siguen brotando, cada vez más rápidamente. Un día el árbol está pelón y, al siguiente, lleno de manzanas maduras, rollizas, acusadoras. Déjame en paz, Esteban, grita el asesino, porque así se llamaba el niño, pero Esteban continúa surgiendo en las manzanas con distintas expresiones que van de la alegría a la rabia o la tristeza. Una noche decide intentar algo: comer una de las manzanas. Elige una de gesto formal, de ojos entrecerrados. La mira durante largo rato en lo que se atreve a dar la primera mordida. No puede. Se marcha a una cantina con la manzana y, una vez ebrio, se pone a conversar con ella. Hay otros clientes, tomando y departiendo, pero pronto se hace el silencio porque todos quieren escuchar a ese hombre extraño que conversa con una fruta. Perdóname, Esteban, ¿qué debo hacer para que me dejes en paz? Da otro trago a su botella y se acerca la manzana a la oreja. La escena es larga, de unas diez páginas, en las que se repasa la infancia del niño y las impresiones del cantinero. Casi al final del capítulo, el asesino grita yo maté a Esteban Sifuentes, fui yo, con mis manos, avísenle a sus padres, a la policía, a un sacerdote porque quiero confesar todo, y se echa a reír con una risa que, a decir de Santín, ya no era del diablo sino de una mente enloquecida. Remigio alza la voz. ¿Entonces por qué me sugeriste que yo hiciera lo mismo? Son idioteces de Santín; supongo que tú no creerás en aguacates con el ojo abierto. Lucio toma uno del cesto y lo muerde. Santín mata al niño de una cuchillada; habla del rostro de horror del niño, de sus ojos abiertos como platos; narra las escenas de violencia como acostumbran los escritores: mencionan la sangre y el horror, pero no se percibe ni una cosa ni la otra, por eso abultan sus descripciones con adjetivos. Lucio alza la voz; habla como si enfrente tuviera una muchedumbre. ¿Dónde aprenden los escritores a matar y morir? ¿En el cine, donde nadie muere como la gente muere? Si vinieran un día a Icamole, yo les pongo un cuchillo en la mano y les entrego un chivo para que lo degüellen; esa experiencia les haría saber que narrar la muerte de alguien implica más que inyectarle al texto varios sinónimos de horror, angustia, dolor. Lucio arroja el hueso de aguacate por la puerta. Por eso, si no ha de hacerse correctamente, es mejor obviar la muerte, como en *La muerte de Babette*. Laffitte evita las falsas descripciones y resulta más contundente, más sincero. Ahora mismo que me contabas cómo te deshiciste de Babette creaste mejor literatura de la que Santín podría soñar. Si yo fuera tu editor sólo haría un cambio, te diría que la arena no puede adherirse a la retina porque la retina está en el fondo del ojo, acaso se adhiere a la pupila, pero es un cambio menor, tu narración me agradó tanto que estaré pensando en ella un buen rato. Remigio resopla y se cruza de brazos. Para mí no es una narración, es la vida real, y no es cuestión de un rato, yo recordaré toda la vida el entierro de esa niña. Lucio le pone la mano en el hombro. Habrá que borrar la retina y esto último que dijiste; bastante ordinario. Resoplar, cruzar los brazos, es una actitud poco creativa para mostrar enojo. Es mejor que hables de otras cosas; por ejemplo de lo que harás cuando la policía se presente con la foto de Babette y te pregunte si la has visto, o de tu reacción si descubres un hormiguero nuevo justo sobre la sepultura.

Tiene más ideas, pero ya no continúa su discurso. Remigio se ha marchado.

La sequía alcanzó un punto intolerable. Prácticamente nada de lo vivo podía comerse: no las hierbas secas, no las víboras que apenas se dejaban atrapar, no las aves que pasaban burlonas, sólo de paso, porque a qué ser estúpido se le ocurriría hacer ahí una madriguera, un nido, una casa. Había llegado la hora de alimentarse con insectos o de partir. Si el agua no es fiel a estas tierras, dijo el padre Pascual, tampoco nosotros le debemos fidelidad. Más vale ser desarraigados que continuar sufriendo la miseria de la sed. No es posible que mientras en otros sitios la gente abre sus ventanas agradecida a la brisa, nosotros hemos de cerrarlas a la invasión del polvo. Algunos llegaron por el esfuerzo de sus piernas, otros simplemente nacieron aquí, pero ya nadie más habrá de morir en este pueblo. Tomen sus cosas, sólo lo que valga, y marchémonos; no seremos el primer pueblo al que Dios le pide emigrar. Pronto estuvieron todos reunidos en la plaza y el padre Pascual dio la orden de comenzar el éxodo. Espera, le dijo a don Melchor, que conducía una vaca, el único animal del pueblo que quedaba vivo, no creo que la intención del Señor sea que tú conserves lo que le ha quitado a los demás. Déjala aquí, enciérrala dentro de tu casa, y hazte sordo a sus mugidos. Don Melchor no estuvo de acuerdo, pero obedeció. Metió a la vaca por la puerta principal y echó un último vistazo al interior de esos tres cuartos donde había vivido tantos años, donde había criado a una familia. Al no llevarse al animal, le sobraba una mano para cargar con algo más: dudó entre el retrato de su difunta esposa y una estatuilla de la virgen de Fátima. Eligió a su mujer y se persignó frente a la virgen. No te ofendas, es que una estatua como la tuya la compro en cualquier mercado, y a mi mujer ya no hay manera de sacarle otro retrato. Luego apresuró el paso para alcanzar a los demás. Desde un montículo, el padre Pascual dirigió la evacuación como un general supervisando a su ejército. Vamos, decía, no volteen atrás, que los fuertes ayuden a los débiles, y las mujeres, a los niños. Al fin todo quedó en silencio, a no ser por los resoplidos de la vaca. El padre Pascual alzó la mirada y dijo: sí, Señor, a imagen y semejanza nos creaste, mas semejanza no es igualdad y nos diste voz cuando tú no te otorgaste oídos. Nos vamos, Señor, dejamos sin culpa el templo que te construimos en este lugar, con sus cruces y su altar, su púlpito y confesionario, porque el pacto no lo rompimos nosotros. La gente se iba alejando igual que en el cortejo rumbo al cementerio cuando murió don Simón, sólo que esta vez, aunque faltaba el féretro, parecían todos muertos. El padre Pascual se subió la sotana y comenzó a orinar tan abundantemente como lo permitió su deshidratado cuerpo. El chorro bajó por el montículo hasta la calle polvorienta y ahí fue absorbido de inmediato, igual que si nunca hubiera existido. Fueron las últimas aguas que recibiría esa tierra.

Lucio escucha pasos en el exterior y se asoma. Una señora viene explicándole a su hijo por qué no debe masticar con la boca abierta.

¿Qué están haciendo aquí?, les grita. Debieron largarse con el padre Pascual. La mujer lo mira con sorpresa; el niño, con miedo. Siguen su camino y, tan pronto le dan la espalda a Lucio y su biblioteca, se echan a reír.

Los rurales vuelven en la misma camioneta, esta vez acompañados de un superior. Estacionan su vehículo donde Melquisedec acostumbra detener la carreta para repartir el agua y, mientras se ponen de acuerdo sobre dónde comenzar sus pesquisas, se presenta frente a ellos doña Rosario, una mujer senil, y extiende el brazo con una jarra vacía. Sin que medie palabra entre ellos, la mujer comprende su error y toma el camino de vuelta.

El procedimiento que siguen los rurales es similar en cada casa: el jefe saluda muy amablemente, se presenta como el teniente Aguilar, y pasa a la sala o a la cocina o a alguna recámara, o bien a la única habitación de las viviendas que apenas consisten de cuatro paredes. Ahí dispara una serie de preguntas sin otro propósito que medir el nerviosismo de las personas, pues no espera que alguien le diga sí, yo fui, la tengo en la alacena. Sobre todo le interesa ver la expresión del interrogado al mostrarle una fotografía de la niña y preguntar si la conoce. Los dos policías esperan afuera, echando vistazos hacia dentro por la puerta o alguna ventana, sacando sus cuarentaicincos quesque para lustrarlas. Mira, Hipólito, como que a la mía ya le hace falta tirar bala, dice uno; y ambos sonríen y se arriscan el sombrero si pasa una muchacha. A veces el jefe sale satisfecho y les dice vamos a otra casa; a veces sale aún más satisfecho y les ordena registrar todo muy bien. Entonces se escuchan voces de protesta, arrastre de muebles, quizás un plato o vaso que se quiebra y el traqueteo causado por quien no distingue entre registrar y revolver interiores, patios, bodegas y corrales. Los pollos se dispersan sin que los rurales hagan un esfuerzo por no pisarlos; los chivos miran indiferentes.

Remigio corre a la huerta tan pronto se entera de los métodos de investigación. Si los rurales siguen una línea recta, él sería de los últimos en ser interrogados, pues su casa se halla al otro extremo de Icamole; pero no desea confiar en el orden geométrico de los visitantes. Lucio ya le había pedido que pensara en su encuentro con los rurales, así que proyecta una escena donde se enfrenta a los policías con voz trémula, tartamudeos, incapaz de fingir serenidad ante la fotografía; los intrusos revisan la casa, la huerta; uno de ellos se asoma al pozo y dice yo pensé que nadie tenía agua y la voz se corre y la gente de Icamole lo insulta, lo llama traidor. O peor, el pozo con agua puede llamar la atención de los policías, tal vez bajen a un hombre a investigar, y yo no tengo idea de dónde quedó el otro zapato. ¿Encontró el cuerpo?, gritará el teniente hacia el fondo. No, jefe, pero aquí hay algo que sin duda le va a interesar. Por un momento se tranquiliza; los hombres son demasiado gruesos para descender por el pozo, pero su imaginación no lo deja en paz. Piensa en un niño ofreciéndose a bajar, en el gordo Antúnez señalándolo con el dedo. Piensa también en cualquier policía parado cerca del aguacate; ante el peso, la tierra cede y revela una grieta. Alguien estuvo excavando, dice el teniente, irónico, y Remigio se ve esposado, escoltado rumbo a la camioneta, respondiendo no sé a cualquier pregunta sobre la niña.

Borrar el rastro del agua es sencillo pero laborioso. Hace falta extraerla con la cubeta y derramarla en silencio sobre cualquier tramo sediento de suelo, que se traga en pocos segundos toda huella de humedad. Remigio calcula que le hará falta realizar ese proceso entre cincuenta y cien veces y se propone revisar bien cada aluvión, no vaya a aparecer el zapato, una pulsera u otro objeto personal que lo incrimine.

Dedica un par de horas a esa tarea, ansioso primero, y tranquilizándose poco a poco mientras avanzan los minutos, desciende el nivel de agua y nadie toca a la puerta. Incluso se da tiempo para verter un par de cubetas cerca del aguacate y compactar la tierra sobre la improvisada sepultura. Bebe, Babette, dice, no te seques como Icamole. Las últimas veces rescata la cubeta con apenas unos tragos de agua; imposible vaciar el pozo por completo, pero ahora puede decir que sólo es un charco, agua estancada, inservible, con alimañas y piedras enlamadas.

Agotado, vierte la última remesa de agua sobre su cabeza y busca una sombra bajo el aguacate sin aguacates. Los echa de menos y se arrepiente de haberle obsequiado a Lucio aquel cesto. Le gusta acariciar la cáscara de los frutos de su árbol; desea una mujer con esa piel, lisa y brillante, lamible; una piel imposible en las mujeres de Icamole luego de tanto sol, tanto viento seco, tanto trabajo en los corrales o en los cerros recogiendo lechuguilla. No hay manos suaves en Icamole, no quedan pies finos, no hay modo de sentir en otra mujer ese roce que le dio el contacto con Babette. No en otra mujer. A veces evoca la textura de las piernas de la señora Robles: blandas, rugosas, pobladas de vellos tenues en los muslos y gruesos en la espinilla; a veces piensa en los pechos de Encarna: muelles, copiosos, y, sin embargo, de pezón muy áspero, puntiagudo, dos tabletones de chocolate. No hay como la suavidad de sus aguacates, por eso algunas noches echa varios en la cama y se tiende con ellos. Les ofrece caricias, lisonjas. Son una amante de hábiles manos y pechos mordisqueables, una amante de úsese y tírese, sin nombre, sin compromisos y sin futuro, porque amanece deshecha sobre las sábanas tras haber sacrificado todo por amor. Sin duda ése fue el fruto de la tentación, se dice, aunque la gente quiera creer en la manzana: una ramera inepta, de piel también tersa, pero cuerpo rígido, pegajoso, nada discreto en las mordidas, que envejece en un instante y se revuelca con moscas y otros bichos. Sabe que su niña está mejor bajo el aguacate que el muerto de Santín bajo el manzano. No se lo comentó a Lucio, pero Alberto Santín también le parece un imbécil porque entierra al niño sin acariciarlo. Remigio, en cambio, cada vez que empujaba el cadáver de la niña para conducirlo a las raíces se sentía más pegado a ella. El vestido se arrebujaba, había que enderezar el cuello, tomarle las rodillas para que no se doblaran, abarcar su cintura, desempolvar su frente. En su empeño por contar una historia de manzanas con rostros infantiles, Santín nunca imaginó que quien entierra a un niño acaba por amarlo. Yo tuve que luchar por no quedarme abrazado a ese cuerpo bajo la tierra, besándolo, hablándole, susurrando canciones para distraer la tristeza. Alberto Santín nunca sabrá nada de eso porque escribir no es vivir, porque leer tampoco lo es.

Remigio deja el árbol y va a su recámara para dejarse caer sudado sobre la cama.

Ya no piensa en los rurales. Espera ansioso el siguiente brote de aguacates. Recorre las sábanas con sus manos y pronuncia el nombre de Babette.

Lucio observa el movimiento de los rurales por la ventana. Al igual que Remigio, sabe que tarde o temprano los tendrá tocando a su puerta. Prefiere abrirla de par en par, así se evitará el protocolo de saludos y cortesías. Éste es un edificio público, se dice, son libres de entrar. Si hacen preguntas, ellos ordenan; si quieren leer, yo soy el mandamás: siéntense en esa mesa, no hagan ruido ni masquen chicle, está prohibido subrayar las páginas o escribir en ellas, no se chupen los dedos para darles vuelta, mucho cuidado con arrancar hojas, usen separador, no doblen las esquinas y pobre del que vea embarrando mocos en los libros o debajo de las mesas. Años atrás Lucio asistió en Monterrey a una reunión estatal de directores de bibliotecas; ahí se enteró de todo lo que aparecía entre las páginas de los libros: flores, mariposas, uñas mordisqueadas, apuntes, recados amorosos, direcciones y, sobre todo, comida: refrescos derramados, manchas de grasa, melaza, migajas, mayonesa y salsas; también lo que en el acta de esa junta quedó asentado como residuo nasal, para lo cual se recomendó que cada biblioteca adquiriera una pequeña espátula; por último se comentó que, aunque con poca frecuencia, algunas novelas eróticas eran inseminadas, cosa que, a decir del jefe de bibliotecarios, no es accidente sino provocación, pues ningún libro se lee a la altura de las gónadas. Algunos opinaron que el lector debería pagar el ejemplar que dañara, otros argumentaron que los daños debían considerarse parte natural del uso de los libros. Aunque no llegaron a un acuerdo, la discusión terminó cuando un viejo bibliotecario dijo ¿cómo pedirle a una dama que no moje *La ventana clausurada* con sus lágrimas? Lucio se mantuvo callado en todo momento; le temía al polvo y a los años, no a sus inexistentes lectores.

Va al librero y toma *Ciudad sin niños*. Lucio disfruta la historia de esa antigua ciudad amurallada de enormes iglesias y castillos que Paolo Lucarelli traza desde algún siglo remoto. Pese a su distancia en el tiempo, la siente más cercana a Icamole que cualquier obra escrita recientemente, pues con las palabras dirigidas hacia los habitantes comunes y corrientes parece describir a quienes deambulan alrededor de la biblioteca: gente montada a caballo o viajando en carreta o caminando descalza; gente que prepara la comida con sus propias manos, que le tuerce el cuello a las gallinas. Las ropas son distintas y en Icamole no hay palacios, pero Lucarelli da un trato cotidiano a actividades que autores recientes quieren volver grotescas o heroicas, como destazar a una res o dormir en el descampado. Además se siente a gusto con los autores muertos porque describen los objetos sin apelar al consumismo del lector. La frase: Antes de salir, Robert se puso su Giorgio Belli, el negro, el preferido de Emily, fue suficiente para que Lucio desechara *Espejos de vida*, sin darse tiempo a averiguar si Robert se había puesto un saco o un sombrero. Le parece que una novela se ensucia menos cuando un lector come encima de ella que cuando el autor menciona la marca de los pantalones de un personaje o de su perfume o de sus gafas o corbata o del vino francés que bebe en tal o cual restaurante; las novelas se manchan con la sola mención de una tarjeta de crédito, un automóvil o la televisión. Detesta los automóviles porque el detective Castelli no se monta en el suyo para ir del despacho a la escena del crimen, sino para que el autor pierda tiempo hablándonos del tránsito, los semáforos, los comercios en la avenida y las canciones que escucha en la radio. Mientras espera la luz verde, Castelli observa a la modelo de ropa interior en el anuncio panorámico y recuerda a la mujer que conoció anoche en el bar. Cuando arranca, ya experimenta una erección monstruosa. Por lo mismo Lucio piensa que Icamole se mancha con la camioneta de los rurales estacionada donde debería estar la carreta de Melquisedec; inevitable pensar que ese vehículo tiene marca, radio y torreta, que sus ocupantes usan lentes oscuros de algún diseñador.

Espera durante casi una hora leyendo fragmentos de *Ciudad sin niños*, subrayando lo que considera más pertinente para no perder el hilo del relato. Alza la vista hambrienta un par de veces hacia el cesto de aguacates que Remigio le regaló; pero encima de subrayar ese libro, no se arriesgará a ensuciarlo como cualquier niño que lee en la mesa del comedor.

Ya bien avanzada la tarde entra el teniente Aguilar. Deambula un rato en silencio entre los libreros de madera, arrastra los pies, los hace sonar como lija por la arena que carga en las suelas. Una biblioteca en este lugar, dice mientras abarca el recinto con la vista, o, mejor dicho, una bibliote. El teniente suelta una carcajada; Lucio se mantiene impávido para incomodar al visitante. No tienen clínica, pero tienen libros. ¿Quién entiende al gobierno? Ahora Lucio finge una sonrisa desde su escritorio, con ganas de decirle lárguese de aquí, por su culpa acabo de romper una regla y subrayé un libro. Decide que no se pondrá de pie para saludarlo, pues en su escala vale más un bibliotecario que un oficial de la ley. El hombre se acerca con la fotografía que tantas veces ha mostrado; ya se nota harto, sin duda molesto. La jornada apenas le ha servido para entrevistar a medio Icamole y tendrá que pasar la noche ahí; no tiene opción: regresar a Villa de García es aceptar que su superior lo reprenda. Imbécil, pusiste a todos bajo aviso, de seguro esta noche van a deshacerse de la niña, la van a tirar en cualquier cerro o desierto. ¿La conoce? Lucio echa el torso hacia delante, repega los ojos a la imagen. Sí, responde, se llama Babette. El teniente Aguilar acomoda una silla junto al escritorio y se sienta. No, señor, se llama Anamari, y la andamos buscando. Lucio se encoge de hombros y alza la vista. Anamari, Babette, son sólo nombres. El teniente saca una libreta y apunta Vabet. No, protesta Lucio, es con be de burro, doble te y e al final. El teniente tacha y vuelve a escribir; pregunta si así está bien, y Lucio alarga la mano para tomar la libreta. Quiere hojearla, ver los apuntes del día, sólo alcanza a distinguir el nombre de la señora Urdaneta con la tinta que se trasmina de la página anterior. Los dos policías se hallan frente a la biblioteca. Uno carraspea y escupe; el otro se limpia con el índice una mancha de la bota. ¿Tiene información sobre ella? Aguilar voltea a su alrededor y detiene la vista un instante en la puerta de pasador oxidado. Lucio sabe que no debe esperar más. No confía en el entendimiento de ese teniente, pero está decidido a intentarlo, así que comienza a leer en voz alta los renglones subrayados. Nada se sabía de ese hombre. Lo vieron ocupar la casa de Guido Buonafalce tras su muerte en la última crecida del Arno, y nadie se atrevió a preguntar si se trataba de una ocupación ilícita o si la modesta edificación le correspondía por herencia. Su aspecto descuidado, su gesto con tantas arrugas, su desagradable vejez hacía que los niños le temieran o, al menos, sintieran repulsión hacia él. Por eso un grupo de ellos le inventó una historia: el anciano había llegado entre el lodo y los escombros que trajo el Arno; tenía control sobre las aguas del río y en cualquier momento, si alguien lo provocaba, podía ordenar otra inundación. Lucio tuerce la boca. Hubiera bastado con leer el fragmento sobre la desagradable estampa del anciano; mencionar ríos e inundaciones en este desierto acabará por confundir al teniente Aguilar. Si bien en ningún momento los niños creyeron su propia historia, les entretenía porque gritaban y huían cada que el viejo aparecía por las calles. Con el tiempo el juego evolucionó y se volvió algo más agresivo; ahora había que enfrentar al enemigo, destruirlo. Por eso el viejo no podía salir de la antigua casa del señor Buonafalce sin recibir retos, insultos y, en ocasiones, alguna tarta de lodo. Pasa cuatro páginas y continúa en el siguiente subrayado. Se volvió loco, o así lo pensaba la gente, porque cada día el anciano llenaba de tierra un cajón en su carreta y la llevaba a tirar al Arno, a dos leguas de ahí, donde las aguas corrían con mayor violencia. Al trasponer los muros de la ciudad, los vigías escarbaban en la tierra suponiendo que algo escondía, clavaban sus lanzas. Después se hartaron de revisar. Ande, viejo, pase de una buena vez, no nos quite el tiempo con sus montones de tierra; y acabaron por unirse a las burlas de los chicos, quienes aseguraban que la tierra era para llenar el cauce del río y repetir la inundación. Otra vez la imagen de un río desbordado, ¿pero qué puedo hacer? *Calcetas rosas* trata de una banda de traficantes de niños, algo muy elaborado para estos policías; y de haber intentado con *La hija del telegrafista* tal vez los habría enviado directo hacia Remigio. Rastrea la página rápidamente, pues ha perdido la línea de lectura. Usted está loco, le decían los guardias, ni con un millón de esos cajones de tierra logrará que el río se desborde. Da vuelta a dos páginas y prosigue. Un día se perdió Benedetta, la hija de los Spada; otro, Luigi, el chico que ayudaba en el expendio de pan; finalmente, la madre de Marina, preocupada, salió a las calles gritando ¿dónde está mi hija? Se organizó una búsqueda por toda la ciudad, pues los vigías aseguraban que por las puertas no habían salido. Pasó una semana en la que llegaron a perderse otros dos niños, y los gobernantes, incapaces de ofrecer seguridad, decidieron expedir un bando que prohibiera a todo menor de doce años salir de su casa si no iba atado a su padre o madre o tutor. Lucio sabe que le ganó el gusto por ese libro: no tenía por qué haber subrayado esa última frase, sólo conseguirá distraer al teniente Aguilar, provocando que imagine niños amarrados con cuerdas o cadenas de la mano o cintura o al modo de Murdoch y Tom para acarrear negros, sin embargo es aquí donde se desencadena su parte preferida: los padres que salen a sus labores del campo y talleres con sus hijos atados. El viudo Antonelli lleva nueve críos como cuentas de un collar; la señora Perassi sale con su hija de quince años atada a la cintura, que a su vez lleva a su pequeño hijo ceñido con una cinta de algodón; la muchacha protesta porque ya no tiene edad para cumplir con el bando, pero la señora Perassi la silencia con una cachetada. Y así se hace durante un tiempo, pero cuando los adultos se cansan, los niños, más que salir atados, simplemente ya no salen, y la ciudad se vuelve un lugar dolorido, apagado, sin luz; y el anciano continúa pasando de un lado a otro con su cajón de tierra, lleno de ida, vacío de vuelta, y pobre loco, continúan diciendo, pero a sus espaldas; ya nadie quiere burlarse de él, piensan en los hijos que nunca volvieron, en los muertos convertidos en polvo, en esa tierra derramada en el Arno, en una inundación que acabaría por aniquilar a todos. Lucio cierra el libro con fuerza, como si una mosca se hubiera posado entre las páginas. ¿Qué quiere usted decirme?, el teniente se pone de pie y su tono de voz hace que los dos policías entren. Espérenme afuera, ordena y va a la puerta para cerrarla. Vuelve a sentarse frente a Lucio y pregunta de nuevo. ¿Qué quiere usted decirme? Nada, señor, yo sólo estaba leyendo. El libro yace cerrado; la mano de Lucio se posa sobre la portada, bloqueando título y autor. Teniente y bibliotecario se sostienen la mirada durante varios segundos; uno en espera de distinguir nerviosismo; otro con el deseo de que el visitante comprenda y se marche. En eso suena el cencerro de Melquisedec. El agua llega a Icamole y la gente empieza a caminar hacia la carreta con jarras y botes en mano. Espero que su información sea fidedigna, dice el teniente, o vendré por usted. Sale de la biblioteca y tarda un instante en ajustar su vista a la luz del exterior; rastrea el sonido del cencerro y descubre la carreta tambaleante con los tambos de agua. Vamos a llevarnos a ese hombre, dice a los dos policías mientras señala a Melquisedec, sólo esperen a que termine de repartir su carga.

Hasta entonces comprende Lucio que la lectura fue perfecta, que Melquisedec trae en sus tambos el agua del Arno.

Tras la batalla de Icamole en el año de 1876, luego del llanto de Porfirio Díaz, el corredero y matadero de gente, el griterío y los tiros de gracia y desgracia cada que aparecía un enemigo herido, el ejército triunfador se marchó antes del anochecer, sin hallar motivo para apostar un destacamento, o siquiera un par de centinelas que cuidara el territorio recién conquistado. ¿Con qué propósito?, consignó el general Fuero en su parte militar. ¿Habré de malgastar a mis valientes soldados en el cuidado de unas piedras, de unos matorrales, de, a fin de cuentas, una nada? Los habitantes de Icamole asomaron la cabeza hasta que se extinguió el olor a pólvora; salieron de sus casas preguntándose qué diablos había ocurrido, pues la mañana había alumbrado como cualquiera del mes de mayo, y cuando algunas personas descubrieron las columnas de polvo que se levantaban por oriente y occidente, culparon al viento; no imaginaron que se trataba de un par de ejércitos a punto de enfrentarse, hasta que tronaron los fusiles, y entonces hombres, mujeres y niños se echaron a correr a las casas, con chivos, gallinas y mulas, todos a resguardo, no fuera ser una bala perdida, una bayoneta sin oficio ni beneficio, un soldado con la libido por encima de la patria. No fue por cobardía que decidimos agazaparnos bajo las camas o tras los roperos, explicarían los hombres de Icamole, es que uno no puede elegir a qué bando adherirse si nadie le explica por qué se están peleando. El caserío no fue el centro de la batalla, por lo que no hubo mayores daños que los provocados por animales inquietos que tiraron coces contra algún mueble; acaso hubo quejas por la exigencia del ejército triunfador de que lo alimentaran y le prestaran las letrinas, pero la tropa resultó muy civilizada y sólo se dio a la rapiña de botas, armamento y objetos personales de los soldados caídos; no se dio al saqueo del caserío y, para fortuna de unas y desgracia de otras cuantas, tampoco se dio al violadero de mujeres. Claro que no, diría Lucio más de cien años después, con estas viejas ni a quién se le antoje; pero las mujeres de Icamole prefirieron hablar de las aguerridas esposas, ancianas y vírgenes que habían salvaguardado su honra con uñas y mordidas, no con el llanto de Porfirio Díaz, y al pasar el tiempo, ya entradas en leyendas, modificaron tantas circunstancias de esa batalla que acabaron por convertirla en otra, con diferentes adversarios, en una fecha muy posterior, cuando don Porfirio ya ni siquiera estaba en México.

Las siguientes jornadas fueron de mucho trabajo en Icamole, pues hubo que sepultar a los caídos por docenas. Los hombres se dedicaron a hacer los fosos; las mujeres a buscar los cadáveres. Cuando hallaban uno, para evitar que las bestias rapaces lo engulleran, le vaciaban encima una tina con heces de chivo, pues la tarea de los hombres era más tardada, y calcularon que demorarían hasta cinco días en sepultarlos a todos.

Al llegarle su turno a cada difunto el proceso se repetía: lo tomaban de axilas y tobillos para sacudirlo y removerle el excremento; lo depositaban en su foso y alguien rezaba un padrenuestro. Se tapaba el foso y asunto terminado. El que sigue.

Y precisamente al quinto día, cuando creyeron haber finalizado sus labores, una señora señaló el enjambre de moscas que revoloteaba tras una loma. Encontraron a un soldado bocabajo, resguardado entre matorrales, con una herida de bala en la espalda y plagado de hormigas. Obvio que también las huestes del general Fuero lo habían pasado por alto, porque a su izquierda se hallaba su fusil y aún llevaba el uniforme y las botas bien puestas; además, dijo uno de los mirones, este muchacho no tiene cinco días de muerto; acaso uno. Yo me quedo con las botas, dijo otro de ellos, pero los demás lo miraron con reproche.

Al darle la vuelta notaron que tenía el rostro intacto, a no ser porque las hormigas coloradas, siempre afectas a lo más blando, ya le habían extraído buena parte de los ojos, y su modo despreocupado de entrar y salir por los ductos nasales hacía pensar que se habían establecido dentro del cadáver. Bajo su vientre apareció una cantimplora vacía y en el bolsillo de la camisa hallaron una carta dirigida a una mujer de nombre Evangelina. En ella le expresaba su amor, le detallaba el tormento de pasar las noches con una bala en el espinazo y, guiado por el ánimo de quien da su vida por una causa, concluía asegurando que la batalla de Icamole sería recordada por los siglos de los siglos por todo México, que el 20 de mayo llevaría letras rojas en el calendario, y que los caídos serían elevados a lo más alto de las páginas heroicas del país. No imaginó que los libros de historia, muchos años después, omitirían esa batalla, o acaso se referirían a ella como una escaramuza sin importancia, libros que de cualquier modo jamás serían leídos por la gente de Icamole.

La carta concluía con la firma de Pedro Montes, sin dar pista alguna sobre cómo localizar a la tal Evangelina; y no hubo por dónde comenzar una averiguación porque el difunto no cargaba con documentos. Enterraron al soldado Montes sin la carta, y fue al único al que le colocaron una cruz, pues así sabrían dar con el sitio de su sepultura en caso de que se presentara Evangelina. Con el tiempo, la carta se volvió objeto de veneración, ya que mencionaba tres veces la palabra amor, dos veces a Dios y una a San Gabriel Arcángel; además pronunciaba frases como: el cariño que siempre profesé por ti y por nuestros hijos; porque sé que algún día nos veremos en la patria celestial; y tú me enseñaste a rezar y ahora que mi vida se acaba sólo me resta hacerlo con la fé de un niño. Por eso al pasar los años la cruz se convirtió en altar, y al pasar aún más años el altar se volvió capilla, y resultó lo más cercano a una iglesia que ha tenido Icamole: la capilla de San Gabriel Arcángel, donde se guardó la carta en un frasco de vidrio, donde esa tarde, como todas las tardes de ese mes, se reunirán algunas personas a rezar para que lleguen las lluvias.

Ahora existe un doble motivo para congregarse; también pedirán con la fe de Pedro Montes para que Melquisedec salga bien librado de su asunto con los rurales, para que pronto lo tengan de vuelta en Icamole, trayendo el agua de Villa de García.

Lucio hurga el suelo con el zapato hasta dar con un caracol milenario; lo toma y lo arroja tan lejos como puede. Remigio lo mira impaciente, en espera de una respuesta. No te preocupes, dice Lucio cuando el caracol deja los rebotes y permanece quieto fuera de su vista, Melquisedec no te va a denunciar, ni a ti ni a tu pozo. Se citaron en el peñón de Haslinger; así lo bautizó Lucio porque desde ese lugar, en lo alto de una loma al sur de Icamole, el panorama se parece al que vieron Fritz y Petra cuando arribaron al pueblo. Hablas con mucha seguridad, dice Remigio, pero ya sabes cómo son esos policías, van a sacarle hasta el último detalle; les bastará un par de horas. Comenzarán el interrogatorio con falsa amabilidad, le llamarán amigo, palpándole el hombro o la pierna, en advertencia de que pronto esa mano se volverá más pesada. ¿Verdad, amigo, que nos va a contar todo? Y tal vez la camioneta en la que se lo llevaron ni siquiera llegó a Villa de García; se habrá detenido en cualquier pedregal porque esos vehículos han de cargar con una caja de herramientas por si el motor les falla, con martillos, pinzas, desarmadores, pericas, cables para conectar baterías; y aunque no lleven nada de eso, en el descampado habrá piedras, nopales, cardos y hormigueros. No veo a Melquisedec tan entero como para resistir a los rurales. Dicen que son peores que la policía judicial. No lo sé, nunca se sabe lo que ocurre, sólo surgen rumores; pero en el instante en que ese anciano confiese tendré a toda la policía en mi propiedad, con ojos y lámparas dirigidas al fondo del pozo, diciendo aquí no hay nada, y Melquisedec les juro que yo eché a la niña por ahí, ¿no se estará confundiendo de pozo?, no, señores, fue en éste, el de Remigio, y lo dirá tan sinceramente que los rurales van a dirigir hacia mí sus miradas y preguntas y puñetazos, y lo mismo que en *El manzano* todo se volverá contra mí sin necesidad de que los aguacates salgan con cara de niña. ¿Lo has estado leyendo? Llevo más de la mitad, asiente Remigio, y no me parece emocionante ni interesante. Lucio se inclina para tomar una piedra con una espiral claramente marcada. ¿Ves esto? Es una amonita. Murió hace millones de años, pero aún la estamos viendo; tiene el mismo tamaño y proporciones de cuando se dejaba llevar por olas y corrientes y se ocultaba de sus depredadores. El proceso de Babette ha comenzado. Seguro tu árbol se pondrá muy verde con los veinte o treinta litros de agua que le chupará al cuerpo, y muy pronto carne, hueso, vestido, dientes, ojos, uñas, todo será absorbido. Tu árbol devorará en poco tiempo lo que el mar y el desierto no devoran en siglos. Mañana, pasado mañana o el mes próximo Babette será una amonita impresa en piedra y tal vez un muchacho la encuentre y la lleve a vender junto con otras piedras a la orilla de la carretera que va a Monterrey, y el que la compre la mostrará a sus hijos y hablará de eras geológicas, de cataclismos y océanos; imposible que mencione a una niña llamada Babette, imposible también que los rurales la encuentren, porque Melquisedec no podrá indicar dónde está, y si lo intenta dirá cosas al azar: está en la grieta del cerro, la llevé al arroyo seco, en la cueva del misionero, en la barranca de los gavilanes, y cuando sienta que le revientan los testículos con unas pinzas jurará por su difunta madre que la tiene bajo el colchón de su casa, bajo llave en el ropero, que la cocinó en el horno con cebollas, con nopales, que la perdió en una apuesta o en un laberinto; ustedes digan, suplicará Melquisedec, ustedes díganme qué hice con esa niña.

Al pie de la loma se hallan reunidas algunas personas en la capilla. Lucio señala hacia allá. Rezan por la lluvia y no llueve; rezan por Melquisedec y los rurales aprietan un poco más. Mejor harían si se callan, toman sus cosas y se largan de Icamole.

Los dos hombres emprenden su camino a casa. No te inquietes, dice Lucio, si no te delata el padre de Zimbrowski, nadie lo hará. Al llegar frente a la biblioteca ambos se despiden con una inclinación de la cabeza.

Entra una mujer vestida de negro y lentes oscuros. Se pasea morosamente por la biblioteca, con pasos cortos, sin hacer sonar sus zapatos de tacón. Medias a pesar del calor, cabello corto; bolso que Lucio no alcanza a distinguir si es de piel o vinilo, pero la estampa de la recién llegada indica que debe ser de piel. Supone que un autor citaría el nombre de la tienda exclusiva donde la adquirió, así le anuncia a sus lectores que no es un escribidor sin clase, y que sabe seguir la moda, lo mismo en bolsos que en literatura. Con las manos tomadas por atrás la mujer se detiene frente a un librero y empieza a examinar los volúmenes, torciendo la cabeza a la izquierda si título y autor suben por el lomo, o a la derecha si descienden. La luz no es intensa en la biblioteca y Lucio se pregunta si de veras puede distinguir los libros con lentes oscuros o si trata de hacerse pasar por intelectual. De ser así, prefiere la honestidad de las señoras de Icamole, que con toda la dentadura le expresan su desprecio por los libros. Lucio se pone en pie y se vuelve a sentar; supone que algo debe decir, un saludo, preguntarle si busca un título en especial, pero no quiere recortar el tiempo en que esa mujer le muestra su revés, el vaivén de la cabeza en el delgado cuello, los brazos de huesos saltones, la forma de apoyarse en una u otra pierna y el leve crujir de sus rodillas. Ya llegará el momento de observarla de frente y analizar su pecho, si el vientre es plano o saliente. Cuando la ve acuclillarse para explorar los libros del estante inferior, Lucio comprende que pasará esa noche pensando en ella y en lo injusto que resulta la aparición de la belleza en ese pueblo, injusto para un hombre que habrá de apagar el foco de su habitación para encender en su mente vaivenes de cuello y medias que se desenrollan sobre piernas blancas, casi sin várices, resplandecientes bajo la leve luna que se filtra por la ventana; y luego de rondar largamente su cama, se conformará con robarse unas líneas de *Rebeca por las tardes*, justo cuando ella se introduce desnuda entre las sábanas, con sólo los calcetines puestos. ¿Me amarás toda la vida?, preguntará Rebeca, y Lucio, tras decidirse a cerrar los ojos y no abrirlos hasta la mañana siguiente, responderá: Eso es fácil, Rebeca, porque la vida ya es muy poca.

La mujer se quita los lentes, los guarda en su bolso y va hacia el bibliotecario. Usted mencionó el nombre de Babette a la policía. Lucio está acostumbrado a tratar con gordas iletradas y no sabe armar una respuesta coherente, adecuada para esa mujer de manos finas. Quiere tomárselas. Soy la madre de Anamari, la madre de la niña que usted llamó Babette. Me lo dijo el teniente Aguilar, me contó que usted le corrigió la ortografía. Sí, señora… Lucio comienza a ordenar sus frases; piensa en el vestido negro de la desconocida. Ha escuchado que es viuda, mas no sabe si el luto es por su marido, por la hija o si simplemente le gusta vestir de ese color. No hace falta que explique nada, dice la mujer, conozco bien la novela de Pierre Laffitte; es mi preferida, y desde hace tiempo me di cuenta del gran parecido entre mi hija y Babette, no sólo en lo físico, sino en otras cosas. ¿Recuerda cuando su tío André le regala el paraguas? Claro, dice Lucio, Babette lo rechaza, dice que si alguien no quiere mojarse, que se quede en casa, pero si sale a la calle… Gracias, tío André, interrumpe la mujer para citar de memoria, el techo guarece de la lluvia cuando se está en casa, pero si el techo es el cielo, más vale mojarse. Lucio se apresura a uno de los libreros por *La muerte de Babette*. No dudo de usted, dice, es que quiero sentir el placer de ver lo que acabo de escuchar. Tras unos segundos da con las palabras textuales que Babette le dirige al tío André y las repasa con el eco de la voz de la mujer. Si el techo es el cielo, murmura Lucio. No hace falta leer lo siguiente: sobrina y tío se dirigen a un puente sobre el Sena, abren el paraguas y lo dejan caer. Éste se mantiene a flote por unos minutos, mientras avanza hacia la catedral de Notre Dame. Anamari pensaba lo mismo, continúa la mujer, y le menciona que, al igual que Babette, llegaba empapada a casa durante los aguaceros. Y las coincidencias son más. Lentamente va mudando el entusiasmo de su voz por un tono de melancolía: Anamari enrollaba el índice en el cabello hasta hacerse nudos, rechinaba los dientes al dormir, bebía leche tibia con azúcar. Acaso podría decir que el lunar era diferente, el de Anamari parecía una mancha, no una lágrima petrificada; pero quizás sea una diferencia de apreciación, una concesión de Laffitte. Lucio nota que la mujer habla en pasado. ¿Usted no espera que vuelva? La mujer aspira lenta, sutilmente. ¿Acaso Babette volvió? Lucio niega con la cabeza y dice: Pobre Babette, pobre de ti, campanas y más campanas, un país que se cree libre, una niña que no cree en nada, y de inmediato se arrepiente de pronunciar ese final; sin embargo lo vencieron las ganas de mostrar que él también puede citar de memoria algún fragmento de novela, pues en esos lances Lucio aprecia al auténtico lector; no en la poesía, porque cualquier escuela obliga a sus alumnos a memorizar algún poema; los versos quedan impresos en la mente y, así pasen veinte o cincuenta años, ese antiguo alumno aprovechará cualquier ocasión para recitarlos, igual en una cantina que en las reuniones familiares, pero eso, asegura Lucio, no es literatura, sino vanidad de la memoria. Disculpe mi atrevimiento, dice, no quise implicar que su hija... La mujer se frota la frente con las yemas de los dedos. Esas mismas palabras rondan mi cabeza desde que Anamari se volvió Babette; no sabe usted lo que han sido este tiempo, siempre pensando que tarde o temprano la perdería tras una puerta, por obra de una mano que se la lleva; por eso aborrezco las campanas, las multitudes. Ella nunca lo supo, pero yo la seguía a todas partes. Anamari salía de la casa, y segundos después yo me echaba a caminar detrás de ella; por las noches iba dos, tres veces a verla dormir, a cerciorarme de que aún estuviera en su cama; pedí a sus maestros que nunca la dejaran salir de la escuela, sólo yo podía recogerla en la puerta. ¿Y todo para qué? Vinimos a pasar el fin de semana a Villa de García y cometí el error de sentirme segura en ese lugar, de suponer que en los pueblos no hay tantos maleantes como en las ciudades. Y adiós Anamari, adiós Babette. La mujer agacha el rostro por un rato; luego alarga el brazo y toma el libro. Es la misma edición que yo tengo, dice, hágame favor de leer las primeras líneas del capítulo cuatro. El libro vuelve a manos de Lucio abierto en el punto que la mujer indica. Babette podría caminar por el jardín con los ojos cerrados; conocía perfectamente la vereda empedrada, el punto exacto donde brotaban los rosales, las gladiolas… No, lo detiene la mujer, lea el siguiente párrafo. Se aproximó a su madre y la besó. Fue un beso frío, como todo lo que Babette hacía. Su sonrisa, el corte de sus facciones, su candidez y, ante todo, sus ojos grises le granjeaban la simpatía, el afecto de todos. Nunca tuvo que esforzarse para obtener algo a cambio, por eso las muestras de cariño se le volvieron algo mecánico, un mero trámite de las buenas costumbres. Suficiente, dice la mujer, y tapa la página con su mano. Yo amaba a Anamari, su voz resulta fría, como el beso de Babette, era mi hija, tenía que amarla. ¿Pero quiere saber algo? Lucio supone que la pregunta no espera respuesta, sin embargo la mujer queda en silencio, mirándolo fijamente. Dígame, señora. Ella abre el bolso y saca un bote de pastillas blancas, redondas como perlas, diría Ricardo Andrade Berenguer, redondas como mi vida en torno al amor que nunca llega, diría Soledad Artigas. Lucio se incorpora y sirve agua en un vaso; al colocarlo en el escritorio, justo donde pega el sol, se revelan algunas partículas desplazándose en el líquido. Mi hijo trajo aguacates, si gusta puedo regalarle unos. La mujer finge no escuchar, y Lucio sabe que es lo mejor ante una frase que sólo procuraba llenar el vacío. Ella echa dos pastillas en su palma y de ahí las lleva a la boca. Da varios tragos al agua de Villa de García, mostrando claramente el momento en que líquido y sólido bajan por su cuello. Voy a decir algo que sólo usted podrá comprender. Ahora cierra el bote de las pastillas; lo hace con lentitud, con la evidente intención de dejar que pase el tiempo; lo sacude como sonaja, mira la etiqueta y finalmente lo lleva a su bolso, donde lo acomoda con cuidado. Aún no habla, deja que su respiración se escuche en un ligero silbido de la nariz y que se vea en el pecho que se alza y cae. Lucio se impacienta con tanto prólogo de la mujer y piensa en ese autor español que considera más importante la forma en que su protagonista acerca el cigarrillo al cenicero, las volutas de humo y el jazz en el fondo, que de veras revelar una verdad sobre los amantes.

Desde que se levanta la nube de polvo por el oriente, la gente sospecha que se trata de la camioneta de los rurales; una nube grisácea por el sol a medio salir y cuyo volumen indica un vehículo a gran velocidad. Demasiada prisa para traer a un inocente, dice el señor Hernández. No serían tan atentos, comenta la señora Treviño, le darían una palmada, disculpe usted, y lo mandarían a pie. Algunos niños gritan allá vienen los rurales y llaman la atención de Remigio, que pronto está junto con el grupo de curiosos. Estima la distancia hasta la polvareda y supone que llegarán en dos minutos; muy poco tiempo para echarse a correr. ¿Adónde? En eso Icamole no ha cambiado desde la era de los trilobites; ya sea a través del mar o del desierto, resulta imposible escapar. Vienen por alguien, exclama una señora. Dios no quiera que se lleven a mi Adolfo, dice otra, él nunca le haría mal a nadie. Remigio se aguanta las ganas de escupirle a esa mujer, de gritarle ojalá se lleven a su Adolfo, ojalá lo amarren de muñecas y tobillos, le metan la cabeza en un costal y lo arrojen a la camioneta, descamisado, encuerado, y se lo lleven hecho cerdo al matadero. El temor de Remigio se ha convertido en ira sólo de ver al tal Adolfo recién amanecido, con el enorme vientre al aire, rascándose el lagrimal en busca de lagañas. Dios quiera que se lleven al pinche Adolfo.

La camioneta se deja ver a un kilómetro de distancia,

donde comienza la cuestabajo hacia Icamole, donde el camino deja de ser polvo para volverse arena. Poco a poco reduce la velocidad, aunque el conductor deja suficiente inercia para frenar en seco a un lado de la huérfana carreta de Melquisedec. Las mulas, por fidelidad o por la alegría de una jornada de descanso, continúan echadas en el mismo sitio donde se estacionaron la tarde anterior. Remigio voltea hacia otro lado cuando los hombres bajan del vehículo y apresuran sus zancadas hacia la gente. ¿Cuál es la casa del señor Marroquín? Pregunta uno de ellos. Son los dos policías sin su teniente, con sus cuarentaicincos. Unos a otros se miran sin responder, inquietos por la impaciencia de los rurales. ¿Se refiere a Melquisedec?, pregunta la señora Urdaneta y señala una casa de adobe, como todas; blanca, como casi todas. Los hombres se dirigen hacia allá, cada uno con un saco de lona. Es difícil diferenciarlos: ambos altos y obesos, reventando el uniforme caqui, con un bigote ralo que sin duda vienen cultivando desde años atrás. Uno de ellos tienta la aldaba y abre la puerta con una patada. No queremos curiosos, dice el otro, y espanta moscas con la mano. Los que están alrededor dan dos o tres pasos hacia atrás, pero sin retirarse.

En Icamole no se acostumbra entrar en casas ajenas; las reuniones se hacen al aire libre, en plena calle. Ahí se colocan sillas y mesas y se come o bebe o conversa o canta o guarda silencio hasta que llega la hora de despedirse. Remigio jamás ha entrado en casa de Melquisedec, pero algunas noches ha pasado frente a ella y la luz encendida le descubre un ropero de espejos quebrados, un sillón de forro sintético y al anciano bocabajo en una antigua cama de latón; en el suelo pueden verse platos, vasos y ropa, instrumentos de labranza, cacharros. Pocas veces ha hablado Remigio con él, y el tema siempre ha sido el de una familia lejana en el tiempo, la ciudad de Monterrey, plazas, avenidas, oropel; nada que explique por qué el anciano se vino a encontrar solo en un pueblo miserable. Sí, señor, le dijo Melquisedec cualquier tarde, mi madre era muy hermosa, por ahí tengo una fotografía suya, estamos en la alameda, yo apenas era un niño, pero recuerdo bien su apretón en la mano, la manera en que me dijo sonríe, no tengas miedo; ella aparece sonriente, yo no. Para Remigio es natural que no sonriera; un niño necesariamente debe ser desdichado si se llama Melquisedec.

Los rurales salen con los sacos de lona henchidos y, aunque al arrojarlos a la camioneta despiden un ruido de trastos, hay quien asegura que en uno de ésos iba la niña. ¿Saben si tenía otra casa? ¿una bodega? ¿un corral?, pregunta uno de los rurales mientras se pasa el paliacate por la frente. No, señor, responde alguien, nada más tenía a sus mulas. Ambos montan su vehículo y se alejan sin nube de polvo. ¿Quién nos va a traer ahora el agua?, pregunta una señora. Nadie se atreve a responder y cada cual vuelve a sus quehaceres.

La puerta de Melquisedec queda abierta. El viento de esa noche la hará traquetear.

Tarde o temprano va a llover, dice Lucio, porque llega la temporada, porque la humedad y los vientos y la presión del aire, porque al fin vendrán unas nubes tan cargadas que podrán franquear el cerro del Fraile sin derramar todo sobre Villa de García. Y la gente se soltará dando gracias a Dios en vez de reclamarle tantos meses de olvido. Pero tal vez esa lluvia llegue más tarde que temprano y para entonces los pobladores se habrán cansado de esperar, porque ni agua de nubes ni agua de Melquisedec, y todos tomarán sus pertenencias y se marcharán a otro sitio, aburridos de cada año andar rogando por lo mismo. Llegará el día en que tú también te marches porque tu aguacate se secó, y yo, al fin solo, me encerraré en mi biblioteca para ahogarme en el fondo del mar.

El aguacate se puso más verde, dice Remigio, y no pienso marcharme de Icamole.

La única edificación de dos pisos es la de Lucio. Abajo se halla la biblioteca; arriba, su vivienda: una sola habitación que hace las veces de recámara y cocina, nada más, pues no le hace falta otra cosa. Cuando Lucio construyó la segunda planta, ambos niveles se comunicaban mediante una escalera en la habitación de los libros censurados; luego de clausurar ese acceso, montó por un costado una escalera de piedra. Le gusta mantener aparte casa y biblioteca, hacer sonar su llavero cada mañana al salir. Ya no tiene una mujer de quien despedirse, pero mentalmente, y a veces en voz alta, dice hasta luego, Herlinda, voy a trabajar.

Lucio y Remigio, sentados en distintos escalones, observan a la gente subir a los autobuses. La iglesia y el gobierno de Villa de García los envían los domingos por la mañana, la primera para ganarse fieles y limosnas, el otro para obtener votos. Por lo general las familias cargan con fardos de ropa para lavar y algunos productos que venderán en el mercado, sobre todo huevos, gallinas y chivos. Esta vez también cargan con botes vacíos.

Los autobuses arrancan a las nueve y cuarto, convirtiendo Icamole en un pueblo indefenso, si de algo tuviera que defenderse.

Lucio desciende por la escalera y se detiene a media calle. El murmullo de los motores se ha perdido y no hace falta subir la voz para ser escuchado. La mujer se tomó unas pastillas, dice, supongo que para agarrar valor, y me aseguró que ni siquiera había llorado. Me confesó que se sentía aliviada, no triste. ¿De qué hablas?, pregunta Remigio. Lucio lo mira con disgusto. Detesta ese ¿de qué hablas?, un recurso gastado de algunos escritores para crear un diálogo donde más valdría respetar el silencio, dejar las cosas sobrentendidas. No sé de qué me habla, dice Perkins, y el inspector Fitzpatrick debe explicarle cómo descubrió al culpable, en un recuento de huellas, pistas y contradicciones que no es para Perkins sino para el lector. Madame Tursten mencionó el guardapelo, dirá Fitzpatrick, y eso me indicó que, si ella no era la asesina, al menos atestiguó los hechos. Sabes muy bien de qué hablo, dice Lucio. Todos vieron a la mujer de negro, le siguieron los pasos hasta que entró en mi biblioteca, todos hablaron y murmuraron, y nadie le perdió la vista cuando regresó a su auto y se marchó de aquí. Es cierto, concede Remigio, pero la gente dice que vino a ayudarte, que va a traer más libros, a pagarte un sueldo y a pintar tu fachada; nadie mencionó pastillas ni la ausencia de llanto. La señora Urdaneta habló con ella antes de que arrancara, le pidió que bajara la ventanilla y le dijo que hacían falta agua y medicinas, pero no más libros. Eso lo entiendo en una señora como la señora Urdaneta; ella piensa en medicinas porque sus hijos tienen lombrices, pero de ti espero algo más; tú tienes otra cosa en la cabeza. Remigio también baja a la calle. Toma unos segundos en decidirse a hablar, mientras borra las historias de la gente sobre esa mujer que viene a Icamole a regalar libros. ¿Se le pierde su hija y ella como si nada? Ésas no fueron mis palabras ni las suyas, dice Lucio; además ella está consciente de que la niña no está perdida sino muerta. La mujer cargaba su angustia desde hacía mucho tiempo; por eso se sintió aliviada. Ella sabía que la niña que todos llamaban Anamari no era sino su propia Babette que habría de serle arrebatada por un brazo misterioso y llevada tras un portón. Nadie puede sentirse aliviado cuando un hijo muere, alega Remigio, ¿si mañana me cuelgo del aguacate te sentirías aliviado? ¿Si vienen los rurales por mí estarás contento? Lucio se echa a reír. Cualquiera diría que lees novelas gringas, dice; hablas igual que esos personajes. Desde que murió Folsom a los gringos les da por escribir melodramas sobre padres egoístas o viciosos o llenos de manías e hijos que sufren las consecuencias. Toda una generación de escritores ocupada en denigrar a sus padres. Razona como hombre, Remigio, vives en Icamole, no en un suburbio donde se habla inglés. Se miran por unos segundos, sin saber si la siguiente palabra será para avivar un pleito o para hacer las paces. Una palmada en el hombro basta para enfriar la ira de Remigio. Acompáñame, dice Lucio, hace tiempo que quiero hacer algo, y lo conduce a la capilla de San Gabriel Arcángel.

Es la primera vez que venimos juntos a este lugar, dice Remigio. Lucio sonríe y señala una silla metálica, sin acojinamiento. Ya que andas sentimental, siéntate aquí. Remigio obedece al tiempo que lanza una interrogación. Fue de tu madre, explica Lucio, en ella zurcía, conversaba, dormitaba y pasaba el tiempo. ¿Te parece cómoda? Remigio se queda callado; piensa que no escuchó bien la pregunta.

Nunca se comisionó a un carpintero para construirle bancas a la capilla, y los fieles, sobre todo las mujeres, se acostumbraron a cargar con su silla para cada ceremonia, ya se tratara del rezo de un rosario, de un ruego por la lluvia o de la fiesta patronal, en la que invitaban al cura de algún pueblo vecino para dar la misa, la única del año. La pereza de llevar las sillas de vuelta a casa hizo que las fueran dejando en la capilla; por eso luce un mobiliario desigual: sillas de madera, metálicas, de plástico o mimbre, plegables, rígidas, acolchonadas, de diversos colores o descoloridas. En cuanto a iconos religiosos, la capilla también muestra austeridad. De la pared derecha pende la portada de *Coplas guadalupanas*, el libro de Héctor Lanzagorta que una beata hurtó del escritorio de su biblioteca cuando lo visitó para solicitarle un donativo en pro de la restauración de la capilla. Lucio no hizo intento por recuperarlo, pues el sello de censura estaba destinado para las *Coplas* y celebraba que nadie se hubiera tomado el tiempo de lectura para enterarse de que se trata de un libro sacrílego, cosa que anuncia sutilmente la propia portada, ya que la figura del Juan Diego adorando a la virgen tiene la entrepierna dilatada. En el muro izquierdo, sobre una repisa y en torno a tres veladoras apagadas y una con llama, yace el frasco de vidrio con la carta del soldado Pedro Montes. Se trata de un cilindro de cristal que no se hace más angosto a la altura de la tapa; de hecho, ésta sobrepasa por poco el tamaño de la base. Lucio y Remigio van hacia allá. Siempre he pensado que el frasco originalmente guardaba duraznos en almíbar, dice Lucio. El papel se sostiene pegado al cristal que le sirve como escaparate, de modo que la carta dirigida a Evangelina puede leerse de principio a fin. Una vez intenté quitar la tapa, dice Lucio, pero me fue imposible. Quiero abrirla porque Pedro Montes escribió fe con acento y en todos estos años parece que nadie se ha dado cuenta. Ya es hora de corregir el error, dice y saca de su bolsillo un marcador rojo. No cuentes con mi ayuda, Remigio da un paso atrás, es la reliquia más querida de Icamole, no tienes derecho a hacerlo. Lucio niega con la cabeza, se sienta en una silla y palpa la contigua. Mucho más cómoda que la de tu madre. Remigio resopla y va hacia allá. No puede recordar a su madre sentada en aquella silla o en cualquier otro sitio. Cuando piensa en ella, es una mujer de pie, de espaldas. Lucio cierra los ojos y habla sin emoción. Si fueras novelista gringo, éste sería tu punto de partida: el día en que mi padre me indujo a realizar un acto turbio; y tendrías suficientes páginas para portarte cínico conmigo, para exhibirme ante tus lectores como un pobre diablo, al cual amas a pesar de todo, porque tú sí eres un buen hombre.

Regresan a donde se halla el frasco; Lucio toma el cilindro con ambas manos, Remigio hace lo propio con la tapa y los dos aplican toda su fuerza. El primer intento falla. Dentro se aloja el aire encerrado desde la época de don Porfirio, flotan las babas evaporadas del soldado que besó la carta justo antes de morir, ¿y se te ocurre algo más? Tú eres el de los relatos, dice Remigio, yo sólo sé que pueden sobrevenirle desgracias a quien viole una reliquia. Lucio se talla las manos en el pantalón para secarles el sudor. Las desgracias ya nos cayeron encima, las pagamos por adelantado. Lo intentan de nuevo. Esta vez Lucio aprieta el frasco entre el brazo, el costado y la axila. La tapa cede con un chasquido y Remigio la hace girar apenas lo suficiente para aflojarla. Lucio termina la faena, saca el papel y mira detenidamente la frase: tú me enseñaste a rezar y ahora que mi vida se acaba sólo me resta hacerlo con la fé de un niño. Alrededor del acento traza un círculo rojo, empalmándolo sobre las letras vecinas; después, con la misma tinta, escribe entre paréntesis: fe no lleva acento aunque debamos acentuar nuestra fe. Regresa la carta al bote y acomoda la tapa. Apriétala, le pide a Remigio. Con lo de la niña muerta tú necesitabas un aliado; con lo de la carta yo te necesito a ti. Acomoda el frasco en su sitio y toma unos cerillos de la repisa para encender las tres veladoras inertes. No creas que es un acto de desprecio, al contrario, el tal Montes merece mi respeto porque moribundo y tumbado sobre las piedras sólo se equivocó en un acento. Sin duda era un hombre de letras y de estar vivo hoy sería visitante asiduo a mi biblioteca, sería mi mejor amigo.

Dejan la capilla y franquean la loma, cada uno con la intención de ir a su casa. No importa lo que me eches en cara sobre las novelas gringas, dice Remigio, yo pienso que hay algo raro en esa mujer. Tiene un auto oscuro, silencioso; a lo mejor ella misma fue quien mató a la niña. Es posible, responde Lucio, pero aun así yo no la condenaría, yo mismo le habría ayudado a sacarla de la cajuela, acarrearla en la negrura y arrojarla al pozo, aunque más me hubiera gustado que no la trajera en auto, sino en el lomo de un caballo.

Para Lucio es mucho más que una mujer de pie, de espaldas, que un día dejó su silla en la capilla de San Gabriel Arcángel; para él tuvo un nombre, Herlinda, una piel grata, una forma de mirarlo en la oscuridad y una voz que se suavizaba si él la ceñía con fuerza. En una mujer, a Lucio le importaba sobre todo la piel, no su color como en la novela de MacAllister, sino su textura. Por eso se casó con Herlinda cuando ella era casi una niña y le pidió que no se ocupara de labores pesadas ni se asoleara más de la cuenta; había que impedir que se convirtiera en una de esas señoras de Icamole con callos y manos de hombre, con el cuerpo forrado en cuero. Nada como tener a su disposición una piel tersa para pegarse a ella durante la noche. Los recuerdos sobre Herlinda le brotan con frecuencia, y acaso le entristece que el más usual sea el de ambos sentados a la mesa, uno frente al otro, listos para probar el caldo de verduras. Ella lo hace primero, y tras un gesto de desagrado dice que le echó mucha sal. Él toma una cucharada y, en efecto, el caldo le parece incomible, pero reprime su mueca de repulsión y continúa comiendo; es lo menos que puede hacer por ella. A mí me parece bueno, dice, y para que no quede duda, se acaba el plato y se sirve otro más. Y no es que ese recuerdo le parezca entrañable o tenga algún mérito, pero desde que Herlinda murió le viene a la mente siempre que tiene un salero en la mano; y le llega con cada detalle: las rodajas de zanahoria y calabaza flotando en agua de mar, el mantel a cuadros de plástico, un calendario en el mes de marzo cuelga de la pared del fondo, Herlinda en su vestido verde, cruzada de brazos, triste por el desperdicio de verduras, con un embarazo a punto de estallar, y preguntando ¿tú crees que los chivos se lo coman? Algunas noches evoca a Herlinda desnuda, pero Lucio prefiere evitar que el deseo se le mezcle con nostalgia y sustituye la imagen de su mujer por la heroína de *Rebeca por las tardes*. A Rebeca también le expresa su amor, pero lo hace sin juramentos, a sabiendas de que antes del amanecer ella se habrá marchado de nuevo a su rutinaria vida con el doctor Amundaray. Rebeca es muy distinta de Herlinda; pero Lucio disfruta de su compañía, le agradan sus frases cortas y escasas, su andar por la casa sólo con calcetines, la certeza de que se esfumará tan pronto aminore el deseo. Rebeca no ronca ni le arrebata la cobija, nunca le prepararía un caldo de verduras, ni haría planes para el futuro; ni siquiera se atrevería a mezclarse entre la gente de Icamole. Rebeca es para algunas noches; a Herlinda la hubiera querido para toda la vida.

Fue Herlinda quien trajo el primer libro a esa casa: *Cuidado integral de los chivos*, un manual para la crianza, la alimentación y el sacrificio de esos animales. El autor afirmaba que si se establecía un entorno feliz para los chivos, éstos darían mejor y más abundante carne y leche. No hay que tratarlos como animales de matadero, decía, sino como mascotas, hablándoles con cariño y dándoles alguna palmada o caricia de vez en vez y, de ser posible, ponerle a cada uno un nombre, el cual debe tener un máximo de dos sílabas y comenzar preferentemente con vocal. Es conveniente impedir a toda costa que algún coyote los asuste en la noche, así como las peleas entre machos, pues nada deteriora tanto el sabor de la carne como el miedo; asimismo es importante procurarles alimentos balanceados que vayan más allá de lo que normalmente crece en los pastizales. En ese entonces Lucio criaba chivos, y Herlinda visualizó la forma de multiplicar su cantidad, de transferir este conocimiento a otros vecinos para que Icamole fuera un centro ganadero importante. Ahora nos es imposible crecer porque este desierto no da para alimentar más chivos, dijo, por eso el primer paso es hacernos de una bodega donde podamos acumular costales con esos alimentos balanceados que menciona el libro, medicinas para curarlos de los parásitos y aditivos para que la leche aguante más sin agriarse. Lucio le dio largas al asunto, tantas que, para cuando hubo al fin construido el segundo piso de la casa, liberando toda la planta baja para usarse como bodega, ya Herlinda tenía varios años de muerta. Una mañana dijo que no se quería levantar, que tenía un fuerte dolor en las piernas. Lucio salió a hacerse cargo de las labores diarias, y al regresar a la hora de la comida la encontró aún en cama; le bastó tocarla, sentir su nueva textura, para decidir cubrirla con la sábana. No le rezó ni le llegaron pensamientos sobre el alma o la vida en el más allá. Observó el contorno del cuerpo y se arrepintió de no haberle hecho el amor la noche anterior. Luego fue a la puerta a esperar a que Remigio llegara de la escuela. Hoy voy a preparar yo la comida, le dijo cuando al fin lo vio en el portal, a sabiendas de que no tendría agallas para darle la noticia de manera directa. Dejaría que las cosas caminaran a su ritmo, cumpliría con los requisitos de la misa y el entierro en Villa de García, y dejaría que Remigio cayera profundamente dormido para, entonces sí, ponerse a llorar.

A falta de certeza, en Icamole acabó por aceptarse que la muerte le llegó a Herlinda por un piquete de alacrán, y esto fue lo que eventualmente hizo a Lucio continuar con la construcción de la segunda planta. En uno de los aniversarios luctuosos, le habló a Remigio sobre el proyecto de Herlinda para la bodega de forraje. ¿Tú crees que hubiera sido buen negocio? No lo sé, respondió Remigio, pero al menos el alacrán no habría subido al segundo piso.

Ese mismo día Lucio vendió sus chivos para costearse la construcción, aunque fuera como mero homenaje a Herlinda y aunque acabara por quedarse sin un peso para comprar el alimento balanceado que recomendaba *Cuidado integral de los chivos*.

Por eso cuando llegó el enviado del gobierno del estado con una camioneta repleta de libros, en busca de quien tuviera espacio de sobra, la gente lo condujo hacia Lucio. El hombre entró en la fallida bodega para forraje y asintió. Me parece un espacio adecuado, dijo señalando hacia distintos puntos, aquí los libreros, allá el mostrador y en medio la sala de lectura. Le ofreció a Lucio el puesto y le aseguró que en los próximos días llegaría otra camioneta con estantes para que armara sus libreros. Ante el titubeo de Lucio, le habló de sueldo y prestaciones, de que sería el único hombre en Icamole con trabajo de escritorio. Sacó unos papeles del portafolios y los extendió. Cuando Lucio iba a tomarlos, el hombre retrajo el brazo. ¿Sabe usted leer?, preguntó con el eco de las casas vacías. Lucio no tuvo ánimos para sentirse ofendido, así que sólo asintió. Firmó el contrato original y tres copias y en silencio pidió perdón a Herlinda por sepultar el proyecto de la forrajera.

Sentado en la cama, desnudo, los codos apoyados sobre los muslos, Remigio alza la cabeza y se dice que no quiere pasar la noche de ese modo. Nunca le había afligido la soledad, pero desde que Babette yace bajo el árbol, la almohada es insuficiente para conciliar el sueño. Si la hubiera hallado viva en el pozo, no habría dudado en rescatarla. Agárrate bien de la cuerda, niña, no tengas miedo. Y una vez fuera le habría dado algo con qué secarse. Toma una toalla, cámbiate ese vestido, te presto una camisa. Y esperaría en la huerta hasta que la niña apareciera seca; entonces la tomaría de la mano para buscar a su madre. Pero la encontró muerta y desde ese día su mente acumula imágenes: cabellera negra, ojo que no se cierra, calzones con la etiqueta correctamente alineada, brazo que se apodera de Babette mientras suenan las campanas, tez blanca, muslos blancos, vientre compacto, boca entrecerrada; por eso él ya no es el mismo y agradece que los rurales no le hayan mostrado la fotografía, no hubiera tolerado esa mirada de ojos grises de cuando estaba viva. Por eso está seguro de que si en este momento se asomara al pozo y encontrara viva a la niña, ya no habría la intención de devolverla; sería cuestión de minutos para recostarla en la cama, así fuera a la fuerza y amordazada. No tengas miedo, niña, no tengas miedo. Tu madre ya te dio por perdida, por robada, por muerta, por novela que lleva su final en el título, por montón de páginas que eventualmente exigen su punto final; pero toda historia tiene continuación aunque no se escriba, ¿y qué sigue en la tuya? Se cierra la puerta, ¿y qué sigue? Suenan las campanas, ¿y qué sigue? No tengas miedo, contéstame, ¿qué sigue, Babette? ¿De veras te agrada la historia de una niña muerta en un pozo? ¿O la prefieres si alguien te rescata a tiempo, si el buen Remigio te rescata?

Se pone unos pantalones y sale a la calle, descalzo, sin camisa. Su primera escala es la puerta de Melquisedec. Aunque el viento no sopla, coloca una piedra en la base para mantenerla abierta, sin riesgo de más traqueteos. Sigiloso en la oscuridad, se considera a sí mismo el sospechoso que encajaría perfectamente con las necesidades de los rurales, mucho mejor que Melquisedec, a quien habrán de inventarle una historia que embone sus ires y venires a Villa de García con horarios, situaciones y testigos, con una carreta rechinante que no entra en pueblo alguno sin avisar a la par del cencerro. Bastaría con que los rurales hubieran apostado un centinela para señalarlo: Él anduvo de madrugada recorriendo las calles. Entró en casa de Melquisedec. Entonces comenzaría el interrogatorio. ¿Qué estaba haciendo? ¿Acaso quería ocultar evidencia? ¿Dónde tiene a la niña? ¿Dónde? Y Remigio se desmoronaría sin necesidad de tortura. La tengo enterrada, diría entre sollozos, y le parecería inútil añadir que él no la mató, acaso agregaría que no la tocó, no de esa manera en que todos quisieran tocarla. Descamisado, esposado en una silla metálica, sentiría rabia por no haber mostrado entereza, y como novelista gringo le echaría la culpa a Lucio porque nunca supo darle un buen ejemplo, y le explicaría a los rurales que se alejó del buen camino el día en que su padre lo indujo a realizar un acto turbio.

Sube las escaleras de casa de Lucio y toca suavemente el cristal con una piedra. Cuenta del uno al diez y, como no escucha movimiento dentro, toca un poco más fuerte. Lucio abre envuelto en una sábana. ¿Qué quieres? ¿Qué horas son? Remigio avanza hacia el interior sin responder; tantea el interruptor y enciende la luz. Recorre la vivienda con la mirada y niega con la cabeza. ¿Dónde están los aguacates? ¿No se los habrás regalado a esa señora? Devuélvemelos, los necesito. Lucio regresa a la cama y se tumba con los ojos cerrados. Si no te echo, dice, es porque me agradas en esa actitud vehemente y atolondrada al estilo de Kartukov; aunque así, descamisado como vienes, te mataría el invierno de San Petersburgo. Los aguacates, insiste Remigio, dámelos.

Lucio observa defraudado a las tres mujeres y a los dos hombres dentro de su biblioteca. Pensé que habría más gente interesada en saber lo que ocurrió con Melquisedec; pero veo que su suerte, su vida, no convoca como lo hacía el agua. Le irrita haber acomodado doce sillas frente a su escritorio, en tres filas de cuatro, porque más de la mitad de asientos vacíos le da a la reunión un tono de fracaso. Además los cinco presentes pasan de los cincuenta años; imposible suponer que poseen mentes despabiladas, complacientes con las palabras.

Ese mediodía Lucio recorrió las casas de Icamole para citar a la gente. A las cuatro de la tarde, les dijo. Si quieren enterarse de lo que ocurrió con Melquisedec, allá los espero. No aguardaba a escuchar un sí o un no, pues no formulaba una pregunta sino una invitación. Confió en la curiosidad y el afecto que la gente le habría tomado a Melquisedec luego de ser el portador del agua, luego de agradecerle cada día que les llenara los recipientes, y si colocó doce sillas, es porque no tenía más, y nunca hubiera aceptado realizar la reunión en la capilla. Son las cuatro y cuarto, dice, vamos a comenzar. Siente cosquillas en la garganta, pero evita carraspear, porque en las novelas ordinarias la gente carraspea antes de iniciar una lectura.

Le habían envuelto la cara con su misma camisa, anudando bien las mangas en torno a los ojos. Aunque se le dificultaba respirar, Melquisedec se sentía más ahogado por el calor que por el envoltorio. El vehículo corría velozmente sobre la terracería, pero a él, sentado en medio de los dos policías, le era ajeno el viento que entraba por las ventanillas. En cambio le confortaba pensar que si le habían vendado los ojos, sin duda en los planes de esos hombres no estaba matarlo. ¿Para qué ocultarle el recorrido, el destino del trayecto a alguien que habría de morir? El conductor apagó la marcha y dejó que el vehículo avanzara en silencio durante unos segundos hasta perder toda su inercia. Ya llegamos, dijo uno de ellos. ¿Adónde?, preguntó Melquisedec con la voz oprimida bajo la tela. No hubo otra respuesta que una serie de empujones y tirones que lo dejaron de pie en un terreno pedregoso. El que tenía aliento a cebolla le desató la camisa. Estaba por oscurecer, y los ojos de Melquisedec se ajustaron pronto a la escasa luz. ¿Dónde estamos? Usted córrale para allá, dijo el policía de la cicatriz en el pómulo, y si llega detrás de esa loma, será libre de largarse a su casa. Melquisedec se sintió aturdido. Muchas veces había escuchado sobre la ley fuga, pero él suponía que era cosa del pasado, de un México bárbaro y legendario. Imposible que ese par de hombres erraran sus tiros: la loma se hallaba a unos doscientos metros y las piernas de Melquisedec no responderían por el temor ni por la edad. Se imaginó con dos balazos en la espalda, moribundo, arrojado en esa camioneta de vuelta al pueblo. Trató de huir, escucharía a uno de los policías hablando con el comandante, tuvimos que dispararle. De acuerdo, respondería éste, pero llévenselo a dar otra vuelta porque todavía respira. No, señores, Melquisedec se armó de valor para hablar, no les daré ese gusto. Y comenzó a caminar en reversa hacia la loma, mostrando siempre el pecho desnudo a los policías. Nos salió muy vivo el viejo este, dijo uno de ellos. ¿Le tiramos así? No, susurró el otro, tengo una mejor idea, y levantó la voz para decir: usted gana, vámonos de aquí. Subieron al vehículo y recorrieron toda la ruta de terracería hasta la carretera; sólo que ahora hubo un cambio en la disposición: Melquisedec se hallaba sentado junto a la portezuela, recibiendo el viento que lo golpeaba a los más de cien kilómetros por hora en que se dirigían hacia la ciudad. Luego de un guiño, el policía de la cicatriz en el pómulo, en una serie de movimientos rápidos, quitó el seguro y abrió la portezuela, comenzando inmediatamente a empujar a Melquisedec hacia el vacío. Apoyó su espalda contra el compañero y se puso a tirar patadas. El viejo gimoteaba en busca de una misericordia que esa noche no transitaba por la carretera. Piedad, misericordia, yo no hice nada. La última sílaba se alargó, se convirtió en un extenso grito cuando ya los policías sólo veían una mano de Melquisedec tomada al marco de la puerta. ¿La cierro? No, a ver cuánto aguanta. Apenas unos segundos; el viejo se soltó dedo por dedo, ya sin gritos.

¿Y usted cómo se enteró de eso?, pregunta una señora. Lucio alza la vista; pensaba leer hasta el punto donde el vehículo echa reversa, y los policías confirman que Melquisedec ha muerto; sin embargo eso puede quedar implícito. Cierra el libro y lo muestra a su auditorio. Lo sé porque está escrito. La señora que había preguntado se acerca para mirar el título, *Las leyes de la sangre*, y comprueba que es un volumen viejo, de hojas amarillentas. Entonces son puras mentiras, dice mientras vuelve a su silla. No, Lucio alza el libro para mostrarlo, el personaje de la novela se llama Eustacio, yo lo único que hice fue cambiarle el nombre por Melquisedec; todo lo demás es cierto. Los dos hombres se ponen de pie, dan las buenas noches y salen; las tres mujeres permanecen en sus sitios, en silencio. También tengo una novela en la que la gente de un pueblo se reúne en la biblioteca para enterarse de lo que ocurrió con una persona que arresta la policía. Una señora se dirige a la puerta. Imagino que de ahí sacó la idea de juntarnos. Otra más la sigue. Uno de estos días se van a enterar de que a Melquisedec lo arrojaron de una camioneta a toda velocidad, entonces vendrán a esta biblioteca a buscar en las novelas con quiénes las engañan sus maridos, cuándo se marcharán sus hijos de Icamole o por qué nunca volvió el que se fue a trabajar al otro lado o si sus hijas aún son vírgenes o si ya las preñó el imbécil del gordo Antúnez. No le digan a la señora Vargas, pero en *La frontera negra* leí que su marido nunca llegó a Chicago, murió ahogado en el río Bravo sin documentos que lo identificaran; por eso los que lo hallaron flotando le quitaron las ropas y lo volvieron a echar al agua. O si lo prefieren, díganle, para que ya no lo siga esperando. Mire, Lucio, sin necesidad de ver sus libros, todos nos dimos cuenta de que la policía se llevó a Melquisedec tan luego salió de la biblioteca. Si el viejo de veras le hizo algo a esa niña, pues que se pudra en la cárcel; pero ojalá sea cosa cierta y no de novelas. Satisfecha por la amenaza, la mujer hace una seña a sus compañeras y juntas salen del local.

Eustacio yacía muerto junto a un letrero de la carretera que indicaba no rebasar. Más vale que también Melquisedec, se dice Lucio, no importa que el letrero advierta sobre vacas en el camino.

La casa de Melquisedec se halla en desorden. Los dos sacos que cargaron los rurales con sabrá Dios qué no fueron suficiente para limpiar el lugar. Hay que caminar con cuidado para no pisar una cuchara de peltre, una lata vacía de salsa verde o tropezar con un sillón rojo volteado patas arriba. El aire se siente viciado aun con la puerta abierta de par en par. Remigio pasa a la recámara: una habitación donde apenas caben cama y ropero; una ventana da a la calle, por la otra se ve el baño de pozo y, más al fondo, las dos mulas. Los dos cajones del ropero están abiertos; el de arriba exhibe un par de calcetines, una caja de mondadientes, un cortaúñas y dos trusas. Sin duda los policías no tocaron la ropa interior. Remigio supone que Melquisedec turna las trusas en tercios, lavándolas cada tres días o semanas o comoquiera que el anciano entienda los ciclos. Una es roja y la otra es azul, las dos del mismo modelo, de seguro compradas en un paquete de tres, talla veintiocho. El color de la que traía puesta cuando se lo llevaron debe ser verde. Los policías ya han de saber el color exacto, se dice y se sienta sobre el cobertor de lana de la cama. Cierra el cajón superior para ver el contenido del otro. Pantalones, bote de pomada, cinto y un sobre grande manila atado con un cordón. Si yo fuera policía hubiera echado ese sobre en uno de los sacos o al menos lo hubiera abierto. ¿Será posible que lo hayan pasado por alto? ¿o ya es-

tará muerto Melquisedec y los policías sólo se llevaron objetos al azar para fingir una investigación profesional? Toma el
sobre y comienza a cortar el cordón con los dientes; sólo entonces especula que puede contener alguna evidencia incri-
minatoria, y que los rurales mismos lo colocaron para volver
en otra ocasión y decir aquí está la prueba que necesitába-
mos. Sin embargo no se le ocurre cuál puede ser esa prueba,
por lo que continúa mordiendo el cordón hasta romperlo. Se
asoma al interior y descubre unas fotografías sepias. Sin ob-
servarlas, se mete el sobre entre la cintura y el pantalón. Camina hacia la salida y mira a un lado y al otro para comprobar
que no haya testigos. El camino se encuentra libre, pero antes de decidirse a salir, Remigio vuelve a la recámara y abre
el cajón de arriba para tomar la caja de mondadientes.

En Monterrey me llaman los conocidos para decirme que lo sienten mucho, que van a rezar para que Anamari aparezca; en Villa de García no me hablan, algunos me miran con lástima, otros con satisfacción, qué bien que sufra la señora; luego llegan los policías rurales y los de la judicial e insisten con las mismas preguntas, ¿dónde la vio por última vez? ¿tuvo algún problema con ella? ¿sabe si tenía novio? ¿desconfía de alguien? ¿le han llamado para pedir rescate?, y en vez de buscar evidencias me miran las piernas, y yo les digo que no sé nada porque ni modo de hablarles de Babette y París y las campanas; no sé nada porque si les digo váyanse a sus casas, descansen, bajen los brazos porque Anamari nunca va a aparecer, creerán que soy culpable de algo; no sé nada porque mi hija no les interesa como niña perdida arrancada de su casa, sino como trofeo, sólo les importa competir entre ellos, a ver quién la encuentra primero, si judiciales o rurales, y luego de tanta pregunta no saben ni por dónde empezar y se disculpan con la estúpida frase de la aguja y el pajar que tanto se usa aunque nunca nadie haya perdido una aguja en un pajar y en todo caso se le prende fuego a la paja y al rato surge la aguja brillante entre las cenizas o se alza con un imán, pero que le prendan fuego a todo el desierto a ver si descubren el brillo de los ojos de mi hija, el negro de sus cabellos, el blanco de su ombligo; no lo harán y no podrían hacerlo porque hallar a Anamari es más complicado que eso, habrían de preguntarle a Pierre Laffitte, pedirle que escriba la segunda parte de *La muerte de Babette* y nos detalle el interior de esa casona o palacio o mazmorra de donde salió el brazo que la arrebató del mundo y de las páginas, cosa imposible porque desde hace muchos años el escritor duerme en el cementerio de Montparnasse.

No se preocupe, dice Lucio, yo no voy a rezar por su hija ni la voy a compadecer a usted ni le diré que lo siento mucho. Me parece bien, dice la mujer de nuevo vestida de negro, ahora un vestido más holgado, prefiero que leamos un libro. ¿Tiene *La parcela prometida*? Lucio niega con la cabeza. Lástima, dice ella y se sienta en una de las doce sillas, aún dispuestas en cuatro filas de tres, hoy tenía ganas de algo ligero, de una saga familiar en la que todos están unidos y se quieren y son honestos y siembran la tierra. Donde la expectativa se crea cuando el mayor de los hijos trae a su prometida o cuando al menor le da fiebre o cuando Helga, la única hija, decide que quiere ser actriz. No, le dice el padre, para eso tendrías que marcharte a la ciudad, y yo no sé con qué clase de peligros te puedas encontrar allá, y la madre se encierra a llorar en silencio porque veinte años antes ella también soñó con ser actriz y su padre se lo prohibió. Quiero una novela que cuente una vida año tras año entre el sol y el invierno, que hable de cosechas buenas y otras devoradas por la plaga, hasta que el dueño de la parcela vea satisfecho que cada hijo hizo algo correcto con su vida, pues incluso Helga le traerá un día a su bebé recién nacido y le dará las gracias por haberle impedido marcharse a la ciudad. En vez de tener a tu nieto en mis brazos, le dirá, yo sería una cupletista en brazos de un vividor. Entonces el hombre estrechará a su mujer y le dirá cómo ha pasado el tiempo; y ella, por primera vez en su vida, olvidará su sueño de ser actriz y corresponderá a su marido con un beso. Me gustaría leer sólo el final: el hombre y la mujer abrazados; afuera cae nieve y adentro se enciende el fogón. No, dice Lucio, no tengo nada así. Recuerda un par de novelas con una pareja abrazada; en ninguna hay nieve, sólo playa y acantilados, y las cucarachas terminaron con ambas. Señala el rincón donde tiene las cajas cerradas. Tal vez ahí esté *La parcela prometida*. ¿Quiere que la busquemos? La mujer va hacia allá y examina las cajas; el sello postal indica que algunas tienen ahí más de cinco años. Leo los libros uno por uno antes de decidir si los pongo en los estantes o los mando al infierno. No me explique nada, dice ella, siempre hay más libros que vida. Los impresores podrían estar en huelga desde hace diez años y nadie lo notaría. ¿Sabía usted que de cada veintiocho páginas que se publican sólo se lee una? Porque hay libros que se regalan a gente que no lee, porque caen en una biblioteca sin usuarios, porque se adquieren para abultar un librero, porque se obsequian en la compra de otro producto, porque el lector pierde interés desde el primer capítulo, porque nunca salen de la bodega del impresor, porque también los libros se compran por impulso. Yo acabo de deshacerme de *El otoño en Madrid*, dice Lucio, iba en la página sesentaitrés; quedaron doscientas ocho sin leer. Yo no pasé de la veinte, dice ella. Para que un tedio como ése llegue a Icamole se requiere de la complicidad de autor, correctores, editores, impresores, libreros y hasta lectores; eso sin contar a la pareja del escritor, que le dice sí, mi vida, tú sí escribes muy bonito. Delincuencia organizada, dice él. Ambos se miran sonrientes por unos segundos y Lucio anhela restarse treinta años o al menos que las cosas fueran como en *Vidas ocultas*. ¿Ha leído *Vidas ocultas*? No me gustó, dice ella, creo que Miranda debió marcharse de la casa desde la primera vez que su marido la golpeó. A Lucio le desilusiona que la mujer descarte esa obra maestra por un juicio moral; seguro, podrían sentarse a discutir si Miranda merecía o no las golpizas, pero eso le parece irrelevante. El punto es que ella decidió aceptar los abusos de su hombre y gracias a eso hubo una novela que relatar, gracias a eso hubo una escena gloriosa en la que Miranda se encierra en el baño y con el jabón moldea un pene; se lo coloca en el pubis y engruesa la voz para decir: No puedo ignorarlo dos veces. Entra en la regadera y se talla con ese jabón hasta hacerlo desaparecer; entonces se echa a llorar bajo el chorro, rendida, en espera de que llegue su marido. Pero Lucio sabe que a las mujeres les cuesta leer sin moral, sin solidarizarse con las de su género. Usted piensa que Miranda debió dejar a su marido, dice Lucio, pero no protesta porque Babette haya tocado esa puerta. No es lo mismo decisión que destino, replica la mujer. Miranda tenía opciones, en cambio Babette hubiera caído en manos de la muchedumbre. Lucio asiente. *La muerte de Babette* se habría estropeado si en vez de campanas y más campanas, el final hubiera sido el de esa multitud despellejando a la indefensa niña. No sólo Babette se perdió para siempre tras una puerta, dice Lucio. Indica la que conduce al infierno de las cucarachas y le explica a la mujer su propósito. Déjeme echar un libro, dice ella. Lucio saca una navaja del cajón y se dirige a las cajas, ahí corta unos flejes y raja la cinta adhesiva. Ella extrae un libro, observa la tapa, lee las solapas y se detiene en la fotografía del autor. No lo conozco, dice. Extrae una segunda novela: *El hijo del cacique.* Ésta es maravillosa, ¿la ha leído? Lucio niega con la cabeza. La tercera tampoco la conoce. Es hasta la cuarta oportunidad cuando dice: Esto debe ir derecho a las tinieblas, *Santa María del Circo*, un melodrama sobre enanos y mujeres barbudas. ¿Hay algún ritual o sólo los arroja por el hueco? Sólo los arrojo. Ella va hacia la puerta y hace el ademán de lanzar el libro; voltea hacia Lucio y, al verlo cruzado de brazos, con signos de impaciencia, lo deja caer. De acuerdo, dice, pero a esta puerta le hace falta un letrero, algo que indique la suerte de quien la traspase. No sé, Lucio se acerca a la salida cuando escucha el retumbo de un motor, el ajetreo de un vehículo de gran tamaño y suspensión rechinante, el letrero sólo lo vería yo, y a mí no me hace falta. Los frenos de aire sisean por todo Icamole con mayor potestad que el cencerro de Melquisedec. Desde el umbral de su biblioteca Lucio admira la pipa: gobierno del estado, precaución, capacidad treintaicincomil litros. Más volumen que un mes de vuelta y vuelta de carreta, viejo y mulas.

La gente se forma con sus recipientes, mas el operador de la pipa, sin pedir permiso, acciona la manguera para mojar a cuantos tiene alrededor. Nadie protesta, ni las ancianas que evidencian sus pechos escamosos, ni las mujeres en menstruo; a ratos el operador se cree nube y arroja un fino chisguete hacia arriba, que cae fresco en llovizna, a ratos se cree dictador sudamericano y arroja un poderoso chorro contra niños, adultos y Josefina, la embarazada de Icamole; a ratos también recuerda su obligación y llena alguna cubeta, pero ésos son los menos, porque de inmediato la gente abuchea y pide que de nuevo la fusilen con el líquido, dispárame a la boca, a la panza, al culo, que corra el agua, que se tire, que la absorba la tierra, que se pierda, no importa, el agua también es para jugar, para soñar, para gritar, para sentir su manoseo; anda, tira el agua y forma el lodo que hace tanto tiempo no pisamos.

Imbéciles, dice Lucio, le rezan a Dios y los escucha el diablo. No llueve pero llega esa pipa a manchar nuestro fondo del mar. Habrá sido muy productivo su domingo en Villa de García, ¿a quién le rogaron? ¿O se habrán seguido los autobuses hasta Monterrey? Por piedad, señor gobernador, tenemos sed, los niños se nos deshidratan, los chivos caen muertos, los ancianos ya no sudan.

La mujer se acerca a Lucio. No se ve muy contento, dice. Él se sienta en el suelo y restriega sus manos contra la arena. Todos buscan el final feliz, dice, la cara sonriente, romper con el destino natural, evitar la tragedia; persiguen lo banal y desabrido, lo ligero y mujeril: se rehúsan a hacer literatura.

¿Por qué ese nombre? Se pregunta Remigio al tiempo que observa la fotografía de Melquisedec sobre un caballo de madera con su madre en la alameda. El sobre contiene otras once fotografías de hombres y mujeres que nada le dicen a Remigio; tías, tal vez, parientes lejanos, el padre o el abuelo. Da lo mismo porque son imágenes sin historia. En cambio Melquisedec le había contado sobre esa tarde en la alameda, y aunque sus palabras fueron breves, a Remigio le alcanzan para imaginar cómo ella le ordena con cariño que mire hacia la cámara, cosa que el niño acaba por hacer, y que sonría, petición que habría de quedar desatendida. La madre es bella, tal como lo dijo Melquisedec, y resulta fácil imaginarla de voz suave, apenas subida de volumen cuando ríe, incapaz de llamar Melquisedec a su hijo; no, le habrá dicho con timidez a su marido, mejor Juan, Carlos, Octavio, aunque luego bajara la cabeza, obediente tras la bofetada; sí, está bien, se llamará como tú digas. Por eso el intento de hacerlo sonreír; anda, hijo, mira la cámara y sonríe y recuerda que un día estuvimos juntos y pretendimos detener el tiempo. Eventualmente la madre habría de morir, de eso no hay duda, ¿pero por qué el rostro del niño tenía que reflejar ese destino? Se supone que uno va a la alameda a comer algodón de azúcar, a reventar un globo, a meter las manos en la fuente, a perseguir una pelota o a un perro; no a pensar mi madre va a morir, yo voy a morir, todos vamos a morir. Hasta el caballo de madera tiene una expresión más contenta; Babette recién sacada del pozo no lucía tan opaca. Seguro es por ese nombre de anciano que resulta muy pesado para un niño. Observa los árboles altos y espesos del fondo, sin duda llenos de un verde que el tono sepia de la imagen torna cobrizo como la arena del desierto de Icamole. Así ha de ser la fotografía de Melquisedec en su celda, con calzones verdes que son sepias como todo su cuerpo, tumbado sobre un catre sin sábanas, entre muros repletos de autógrafos y versos de borrachos, rateros y pendencieros. Porque a esas alturas a Remigio ya no le cabe duda: Melquisedec nada tiene que ver en el asunto de Babette; de lo contrario ya le habrían hecho hablar del pozo de agua en casa de Remigio, el hijo del bibliotecario, el que tiene un árbol de aguacate que da los aguacates más suaves del país, que se comen con cáscara, como durazno; aunque no, mucho más suaves que un durazno, con sal o sin sal, en taco o sin tortilla; aguacates delicados, deliciosos, no como ésos con cáscara de reptil que se dan en otras partes. Pregúntenle a Remigio, pídanle aguacates, no se vayan de Icamole sin probarlos. Atrás de los árboles de la fotografía se alza un viejo edificio con portón de barrotes custodiado por dos guardias. Un hombre de saco y sombrero camina por ahí. Han pasado muchos años; ese hombre y los guardias también deben estar muertos. El caballo de madera no iría a ningún lado; el niño dejaría su infancia y la ciudad para venir al desierto. Remigio devuelve la fotografía al sobre. ¿Por qué, Melquisedec? Icamole es un lugar de donde la gente se va, no a donde llega la gente. ¿Por qué alguien que estuvo en la alameda habría de venir a este sitio sin globos ni azúcar? Una semana atrás, le hubiera tenido sin cuidado que Melquisedec sufriera una desgracia; sin embargo, ahora comparten algo, los une la muerte de Babette, aunque de manera distinta, y por mucho que lo compadezca, Remigio no está dispuesto a cambiar su suerte por la del viejo.

Nos salió muy duro el vejete, dice uno de los policías. No pierdan más tiempo, ordena el teniente, los judiciales ya tienen a otro sospechoso y piensan ganarnos la partida. Abren la puerta de la celda y Melquisedec los mira como si mirara a un fotógrafo desde un caballo de madera.

Lucio tiene hambre. Sólo ha comido tortillas desde que Remigio apareció con la actitud de Kartukov a llevarse la canasta de los aguacates. Envidia a las cucarachas que pueden devorar papel, costuras y pegamento para encuadernar, que igual digieren edición rústica, tapa dura, solapas, lomos, poesía y prosa. Después de todo no traicioné los planes de Herlinda, se dice Lucio; convertí la planta baja en una bodega de alimento balanceado. Sale a la calle y sigue el olor de alguna cocina hasta llegar frente a la ventana de la señora Robles. Ahí se detiene un instante, ya no seducido por el aroma sino por la visión de una cocina pródiga en frutas, legumbres y una gallina patas arriba que no murió antes de dejar su dotación de huevos rozagante sobre la mesa. Esa cocina no corresponde a la visión de Icamole desde el peñón de Haslinger: un sitio a punto de condenar a todos a la inanición. Lucio avanza hacia la puerta abierta; desde ahí descubre a cinco integrantes de la familia sentados en torno a la mesa; no alcanza a ver qué comen, pero los vasos se hallan colmados de limonada. La familia también lo descubre y el señor Robles lo invita a pasar. ¿Gusta un taco? Lucio se mantiene un instante sin hablar. Con el hambre que tiene se comería el caldo salado de Herlinda. Sólo pasé a decirle a sus hijos que tengo algunas novelas de aventuras, tal vez les interese saber que los amáridos están atacando el reino de Toranio. Se marcha de inmediato y camina hacia una loma detrás de la capilla donde un nopal se yergue sano y aún jugoso. Saca una navaja de su bolsillo y corta dos pencas. Le enorgullece su capacidad para tomar alimento de la naturaleza, aunque la naturaleza sea tan mezquina en esa geografía. Cuando visitó Monterrey durante la reunión estatal de directores de bibliotecas, sus colegas lo hicieron sentir torpe, incompetente, porque tenía dificultades para cruzar una calle transitada, porque tropezó en las escaleras eléctricas del palacio municipal y se tapaba los oídos si bramaba un auto de escape abierto. En las mesas de trabajo se habló del sistema de clasificación, de los métodos de conservación de libros, del control de préstamos y de la manera para atraer lectores. Al final hubo una asamblea en la que los bibliotecarios comentaron sus necesidades, y en la que se habló de salarios, aires acondicionados, impermeabilizantes, baños e iluminación. Lucio sugirió que se enviara una carta a los traductores del francés para solicitar que tradujeran la palabra rue. La idea fue recibida con un prolongado silencio y plumas que fingían escribir. En esos días un solo bibliotecario lo buscó para conversar. Fue la última noche antes de volver a Icamole. Tras varias cervezas, Lucio se sintió en confianza para exponer sus gustos en materia de libros. El otro hombre escuchó casi sin hablar, bebiendo y echándose cacahuates a la boca. Cerca de la medianoche se quitó una cáscara de entre los dientes para enjuiciar con aire de superioridad. Tienes los tres complejos de un pueblerino: contra los gachupines, contra los gringos y contra las mujeres. Dio otro trago a la cerveza y continuó. En la ciudad ya superamos los primeros dos. Lucio dejó un billete sobre la mesa y se marchó. Juró que jamás asistiría a otra reunión de ésas ni pisaría de nuevo la ciudad de Monterrey o cualquier otra ciudad. Absorto en sus recuerdos se pincha el pulgar con una espina de cacto. Mientras se chupa la gota de sangre se dice que le encantaría abandonar a todos esos bibliotecarios en medio del desierto; a ver cuánto tiempo sobreviven, a ver de qué les sirve el arte de cruzar avenidas, de mantener su equilibrio en escaleras o de tolerar los ruidos de un escape. Entonces su inteligencia se volvería algo inútil, se volvería estupidez, y mi ingenuidad se convertiría en erudición. Por favor, Lucio, dinos qué plantas se comen, cómo conseguimos agua, cómo se monta una mula, cómo se duerme en la noche entre serpientes y coyotes; ellos sí perderían la dignidad ante el señor Robles, sí, por piedad, deme un taco. En Icamole Lucio confía en su cerebro al punto de que ha desechado cuanto le enseñaron en Monterrey. ¿Control de préstamos? Yo no presto nada. ¿Conservación? Mis libros han de durar poco tiempo; cuando yo muera, ellos podrán hacerlo. Y, por sobre todo, despreció los métodos para catalogar. Un especialista explicó la manera de ordenar los libros según el tema, la fecha de publicación, la nacionalidad del autor y otras variables, asignándoles números y letras. Jamás habló de separar los libros buenos de los malos, y en cambio aseguró que la principal clasificación se basaba en el concepto de ficción y no ficción. Lucio se decepcionó por completo al escuchar el discurso de ese especialista. No podía creer que esa clasificación la hubiese hecho gente de libros, de letras; no era posible que se quedaran sin palabras al punto de nombrar algo por lo que no es. Además, ¿dónde estaba la frontera entre una y otra? ¿Dónde encajaban las memorias de un presidente? ¿Una novela histórica? ¿Las vidas de los santos? ¿De qué lado está *Testimonio de un soldado*? Si hay contradicciones entre dos libros de historia o dos libros sagrados, ¿quién decide a cuál le toca ser ficción? Lucio cerró su libreta y no escuchó más a ese charlatán. Él tenía claras sus ideas. Un libro de historia habla de cosas que pasaron, mientras una novela habla de cosas que pasan, y así, el tiempo de la historia contrasta con el de la novela, que

Lucio llama presente permanente, un tiempo inmediato, tangible y auténtico. En ese tiempo Babette existe, es más real que un héroe patrio sepultado en la rotonda de los hombres ilustres; jamás podría estar Babette en un estante con rótulo de ficción; en ese presente permanente una mano misteriosa toma a Babette una y otra vez cada vez que se abre el libro en la última página, y la niña irrevocablemente arroja su paraguas al Sena en el capítulo doce; Babette no es polvo ni en polvo se convertirá.

De vuelta en su casa toma una olla con algo de agua y arroja dentro las dos pencas, sin removerles las espinas. Para no calentar su habitación, baja la escalera y a un costado de la biblioteca enciende leña y pone a cocer sus alimentos. Ahí puede imaginar que el aroma venido de alguna casa es el que brota de su olla.

Lucio señala a su izquierda para explicar por dónde entró el ejército de Porfirio Díaz y a la derecha para indicar la llegada de los federales. Esta tierra tiene historia y prehistoria, dijo, porque por ese extremo también llegó un ictiosaurio para devorar a un pez y, ¿por qué no?, esa ruta debió tomar Melquisedec con Babette a cuestas, justo donde la corriente es más intensa y tuerce las algas y afina los arrecifes. La mujer asiente. Ahora viste de blanco y de lejos no se distingue dónde termina la manga y dónde comienza el brazo. Pero nada de eso sabe la gente, continúa Lucio, si hallan los dientes de un saurio, la estampa de un trilobites, las balas de esa batalla, los meten en una bolsa de plástico y se marchan a la carretera para venderlos. Con la prehistoria sólo se encogen de hombros si alguien pregunta: no lo sé, señor, son animales de hace mucho tiempo; con la historia actúan de manera distinta. La han cambiado para subir el precio de las balas. Son de Pancho Villa, dicen, porque Porfirio Díaz no vale tanto en la imaginación de los mexicanos. Y han acabado por creerlo: borraron la batalla de 1876 y creen ciegamente en otra que se habría celebrado cuarenta años más tarde, porque no es justo que Pancho Villa haya andado por todo el norte, que su ejército haya violado y preñado mujeres en praderas, bosques y montañas, y las mujeres de Icamole hayan permanecido intocadas. Nosotras también queremos hijos de Pancho Villa, habrán gritado, aquí estamos de piernas abiertas, de maridos cobardes; ven montado en tu caballo, disparando al aire, disparando a matar, queremos hijos con tus ojos con tu vientre con tu aliento con tus huevos, no con los de ese Llorón de Icamole, todo un militar, todo un caballero, todo un presidente de bombín y polainas. Y por suerte el tal Pedro Montes no fechó su carta a Evangelina, y aunque habló de una batalla en mayo, no aclaró año ni bandos ni nombres o ideales; así es más fácil adorarlo creyendo que murió cuarenta años después. Viva Pancho Villa, cabrones, y la virgen de Guadalupe. Le rezan a uno y a otra, hacen sus propias novelas. Creen en ellas como usted y yo creemos en Babette. También creen en la historieta de la carta a Evangelina, creen en *Coplas guadalupanas* aunque sólo vean la portada, creen en las novelas de la Biblia, en resucitados, ángeles, botes que cargan con toda la fauna, infierno y paraíso, el sol que se detiene, serpientes parlanchinas y marranos que se lanzan por un barranco, ángeles, demonios, crucificados y tantas cosas que nadie ha visto ni verá más que a través de las palabras; entonces no me explico por qué se resisten a entrar en mi biblioteca, por qué piensan que hay un abismo entre la vida y el papel.

La mujer lo toma de la mano y siente la carne áspera, desértica, como la de ningún hombre de ciudad. Él, en cambio, percibe un tacto muy parecido al de Herlinda. Si no fuera por la diferencia de edades, dice ella, ya me habría enamorado de usted. Él baja la mirada y por un instante se olvida de vivir en el fondo del mar. ¿La mujer habla en serio? ¿O sólo cita a Masumi para que yo responda como Yoshikazu? Lucio prefiere quedarse en silencio. Aunque Yoshikazu sea un viejo, ha ganado ciertos privilegios tras liquidar a tantos enemigos con su katana; privilegios que yo no he ganado velando libros en mi biblioteca. La mujer se despide con una inclinación de la cabeza y avanza hacia su automóvil. No hace falta que me ame, dice Lucio cuando sabe que ya no puede escucharlo, basta con que me sirva. Y agita su katana en el aire para ahuyentar a los hombres del emperador Eichiro.

La pipa llega a Icamole por segunda vez. Ahora no hay juegos ni baños; se trata del mismo vehículo, pero diferente operador. ¿Cuántas familias son?, pregunta el hombre desde la ventanilla abierta a la primera persona con la que se topa. La señora Urdaneta se encoge de hombros. Pocas, responde, y el hombre le explica que tiene instrucciones de detenerse frente a cada casa y entregar toda el agua que puedan acumular; también llenará bebederos de animales y, si alguien lo desea, puede verter agua en fosas sépticas. La voz se corre y, a medida que la pipa se estaciona frente a cada casa, hay consenso de que el operador es responsable y amable, que cierra la manguera en el momento justo para evitar cualquier desperdicio; pero la gente prefiere al operador de la vez pasada, pues cuando hombres, mujeres y niños terminaron empapados tuvieron la sensación de que no se había tratado de una pipa remitida por el gobierno, sino de la lluvia enviada por la providencia.

Aunque a Lucio le molesta la vista y el ronroneo del enorme camión, aprovecha su turno para llenar un tonel. Desea darse un baño, rasurarse, lavar su ropa y sus sábanas. No ha pasado por alto la manera en que la madre de Babette evita acercarse a él. Sí, los libros crean una alianza entre nosotros dos, sin embargo ésta se disuelve por otros factores; un baño ayudará a reducir la distancia. Podremos sentarnos juntos a leer *Rebeca por las tardes*, con el libro mitad en su regazo, mitad en el mío. Lucio conduce al hombre de la manguera a espaldas de su biblioteca y le señala el tonel. Llénelo, dice, a veces hay que lavarse. El hombre no dice nada; vierte el agua, cierra la manguera y comienza a enrollarla. ¿Alguna novedad?, pregunta Lucio. Luego de unos instantes sin respuesta, insiste: ¿Lo seguiremos viendo por aquí? El hombre asiente. Volveré mientras no llueva, dice, monta su vehículo y avanza hasta la siguiente propiedad. Lucio se remoja la cara y el cuello y entra en su biblioteca. Necesita un buen libro para pasar la tarde, de preferencia uno sobre las aventuras de un viajero o sobre un chico que quiere ser futbolista; una de esas novelas en las que la muerte sea algo lejano. De la caja que había abierto para la mujer saca un libro al azar: *Amargura*. Le basta ver en la portada a una muchacha en uniforme escolar, para imaginarse el contenido. Otro más, se dice, otro escritor que acaba dando clases en alguna universidad gringa y luego le da por relatar sus amoríos con las alumnas. ¿En qué puede ser diferente esta historia? ¿En que la muchacha se llama Evelyn y el profesor no es de literatura sino de sociología? Seguro el hombre llevaba una vida ordenada hasta que Evelyn apareció en su oficina en falda corta para hacerle una consulta. A partir de ese momento vendrá la mezcla de culpa y delirio, largas parrafadas en primera persona para justificar al profesor y así obligar al lector a que se solidarice con él; sí, ella tiene diecinueve y él más de cincuenta, ella tiene el mundo por delante y él una familia que mantener, pero es un buen hombre, la quiere con sinceridad, y nadie tiene derecho a meterse en su vida privada ni a poner en duda su talento en las aulas. Por eso es injusto que lo traten como a un criminal, como si no se dieran cuenta de que él es la víctima, porque tarde o temprano, ante la insistencia de sus padres, Evelyn acabará por dejarlo, y él comprenderá que echó a perder su matrimonio y su carrera a cambio de un recuerdo para la vejez. Se dirige a arrojar el libro al infierno cuando se le ocurre que debe leer la contraportada; tal vez se trata de algo original; tal vez el autor daba clases en una universidad latinoamericana y entonces podía revolcarse con cualquier alumna sin reparos morales o profesionales. No es así, las palabras del editor hablan de las presiones sociales que se imponen al amor; de cómo hasta los amigos más cercanos se vuelven una inquisición ante la ruptura del ordinario modo de vivir. Señor comendador, dice Lucio en voz alta, ¿qué hacemos con este libro? Enviadlo a la hoguera, se responde, y así lo hace, y de una vez son condenadas setenta mil palabras.

Intenta un segundo libro: Igor Pankin, *Las nieves azules*. Éste no evidencia su contenido. La portada muestra un paisaje boscoso, nevado; los comentarios del reverso hablan de la prosa de sobria belleza, del autor que asume un recorrido inédito por las posibilidades de la novela. Lucio decide leer el último párrafo porque sabe que un buen final es señal de una buena novela. Con los principios no ocurre lo mismo. La mano de Bronislava asoma por la ventanilla del vagón para acariciar el rostro de Radoslav. Tú sabes que tan pronto arribe a Kaliningrado seré una mujer casada y cargaré con otro nombre. Se arrepiente de hablar. Las palabras sobran. Si han de recordarse por ese último instante, más valioso es el silencio, la decisión de no llorar. El vagón comienza a moverse. Radoslav camina junto a él. A medida que aumenta la velocidad, él ensancha la zancada. Espera, grita de pronto, algo se me olvida. Radoslav desabotona su abrigo y hurga en él hasta dar con una caja forrada en papel marrón, pero esto le hace perder tiempo y el vagón de Bronislava le gana varios metros. Ella lo mira correr, alargar el brazo con la caja, gritar entre la gente mientras trata de abrirse paso. Cuando es obvio que el tren toma una velocidad inigualable por piernas humanas, Radoslav arroja la caja hacia la ventanilla. Ella hace por atraparla y alcanza a sentir que ésta le golpea una de las palmas; sin embargo, no cierra los dedos a tiempo y la caja cae hacia las vías. No le hace falta tenerla, abrirla; ella conoce su contenido, lo conoce muy bien. Se derrumba en su butaca y ahora sí comienza a llorar porque ya no se llevará un recuerdo digno de Radoslav; su memoria le presentará a un hombre corriendo torpemente por la estación, gritando, arrojando una caja tan inútil como el resto de sus vidas.

La falta de un recuerdo digno, se dice Lucio, lo mismo me ocurre a mí. Bronislava ve a su hombre corriendo tras el tren, y yo veo a Herlinda frente a un caldo salado de verduras. En ese momento intuye que *Las nieves azules* pasará al estante de sus libros preferidos, pues además le intriga el contenido de la caja forrada en papel marrón y ahora sí cree en los comentarios de la contraportada, ya que en ese párrafo final ha encontrado una prosa de sobria belleza, sin palabras ni dramas de más. Otro novelista hubiera asegurado que la caja cayó sobre las vías y habría descrito las ruedas metálicas aplastándola, deshaciéndola, convirtiendo en polvo las ilusiones de Bronislava; habría transformado el llanto final en un palabrerío que incluyera lágrimas, ojos, tristeza, mejillas mojadas, pañuelos, sollozos y suspiros; un último llamado al lector para compadecer a esa mujer, diciendo que el tren se perdió en la distancia y sólo podía distinguirse el vapor, el cual se desvanecía para siempre como las esperanzas de Radoslav. Por suerte no hubo nada de eso; sólo leí el último párrafo y siento que conozco a Bronislava, que nada en el mundo me gustaría más que viajar en ese vagón, junto a su asiento, para ofrecerle mi abrazo; ven Bronislava, ven conmigo, te confortaré de aquí hasta Kaliningrado y ahí permaneceré junto a ti y te amaré lo mismo que Radoslav te ama. No es original un desenlace en el tren que se aleja, se dice Lucio, pero Pankin tiene derecho, su sobriedad le da derecho a eso y más; incluso a no revelar el contenido de la caja.

Coloca *Las nieves azules* sobre su escritorio y se dispone a leer cuando le viene una idea. El tío le regala a Babette un paraguas; la caja que arroja Radoslav debe contener un obsequio, un objeto importante en la relación de ambos. Debo regalarle algo a la madre de Babette, pues resulta obvio que tarde o temprano ella suspenderá sus visitas a Icamole, se marchará en su auto como Bronislava en tren y nada tendré para arrojarle, para poner en sus manos. ¿Un libro? No. Ella conoce perfectamente *La muerte de Babette*, la única novela que tendría un significado íntimo. Tampoco puedo obsequiarle un fósil, por bien esculpido que esté, pues en Icamole es tanto como una piedra. La cuestión no le resulta sencilla; sabe que una mujer de ciudad no aceptaría lo que se da en los pueblos: una gallina, una cabra, una piel de serpiente.

Escucha el motor de la pipa y deja para más tarde su intención de lecturas y obsequios. Sale a la calle y hace una seña al conductor para que se detenga. Luego de montarse en el estribo del vehículo comienza a hablar. Lo arrojaron de una camioneta en marcha, ¿verdad?, en la carretera, a toda velocidad. El hombre apaga el motor para asegurarse de escuchar correctamente. Lucio piensa que es la escena justa para que un escritor de segunda haga que el chofer pregunte ¿de qué habla? Hablo de Melquisedec, de cómo lo mataron, responde. No está muerto, dice el hombre, está preso y lo estará el resto de su vida; ya confesó el robo de la chamaca y hoy la gente de Villa de García la pasó murmurando sobre las cosas que le hizo a la pobre niña; una niña hermosa, lo sé porque la policía me mostró su foto, muy bella, y por lo mismo se antoja robársela, pero no hay derecho, no, señor; si lo hubiera hecho un muchacho, se entiende, pero no un anciano como Melquisedec; ése no tenía el derecho siquiera de pensar en ella. Está vivo, insiste el hombre, pero ojalá pronto se muera.

Lucio vuelve a su escritorio y se queda observando *Las*

nieves azules durante varios minutos; en seguida baraja las páginas y descubre que contiene varias notas del traductor. En una explica que babushka es abuela; en otra, que galuschki es un plato ucraniano, aunque no habla de sus ingredientes ni modo de prepararse; y en una más explica que la zeta rusa tiene el mismo valor fonético que la francesa, información que hace enojar a Lucio. La solapa indica que Pankin nació en Kirov y murió en París, en el exilio, luego de pasar una temporada en Siberia. No confía en este último dato; supone que no todos los escritores que se dicen presos han estado en prisión. Cierra el libro y acepta que su mente no está en las palabras impresas, sino en las del operador de la pipa, y acaba por admitir que esa tarde no tiene ganas de leer.

Entran en la capilla y Lucio le muestra el frasco de duraznos en almíbar con la carta a Evangelina. Es un original, dice, y a diferencia del cuadro de un pintor, en literatura existe el derecho de meterle mano a los originales, de rayarlos, de decirle al autor aquí te faltó un acento, acá te sobran palabras, erraste en una fecha, en un dato, para qué dices gruesos goterones si el goterón es grueso sin el adjetivo. Pero no la traje aquí para hablar de eso, sino para contarle que justo bajo este altar yacen los restos de Pedro Montes, el soldado que luchó al lado de Porfirio Díaz. ¿Me va a hablar otra vez de esa batalla?, interviene la mujer. Lo voy a hacer de manera diferente, porque la trama que se tiende a partir de ese evento acaba por tejerse con su hija, con Babette. Imaginemos por un momento a don Porfirio en este suelo, montado en su caballo, erguido en el campo de batalla, dando instrucciones a sus soldados, dispuesto a luchar espada contra espada, fusil contra fusil, observando a los hombres que van cayendo a su lado, y aun así exhibiendo al enemigo su orgullosa estampa de guerrero de cuarentaicinco años, una edad en que los señoritos de ciudad, a falta de un ejército bajo su mando, le gritan a la mesera que tarda en traer la cuenta, y serían incapaces de permanecer firmes, dando voces, dando ejemplo mientras escuchan el silbido de las balas. Y ese ejemplo de valor, sólo equiparable al de Yoshikazu, le dio el derecho de ser presidente del país por muchos años. Pero México no está dispuesto a tolerar a los grandes hombres, no cuando son mexicanos; por eso llegó el día en que un insignificante individuo lo amenazó con ponerse a matar gente si no se largaba del país, y don Porfirio, cansado de sangre, se fue en un bote que zarpó de Veracruz, pues en Icamole ya no había mar. Imaginemos ahora a ese don Porfirio desterrado en París, añorante de su tierra, a una edad en que ya casi todos han muerto, imagínelo andando por las mismas calles que recorrió Babette, erguido con su bastón, cruzando el puente sobre el Sena desde el que cayó el paraguas. Seguramente, y quizá sin saberlo, habrá pasado frente a la puerta que se tragó a la niña, e incluso pudo haber escuchado la campanilla dispuesta a anunciar a los visitantes después de tantos años. Mientras observaba desde su ventana la torre Eiffel, esa que Babette nunca pudo ver, don Porfirio recibió la noticia de que el hombrecito que lo echó del país, ese Francisco Madero que quiso jugar al presidente, había muerto como una damisela, llorando, corriendo, pidiendo piedad, huyendo de unas balas que inevitablemente entrarían por la espalda, en una muerte que ni siquiera Melquisedec aceptó. México había desterrado al mejor de los mexicanos y a cambio se volvió botín de buitres. Por eso el Llorón de Icamole se volvió el Llorón de París cuando un dos de julio de 1915 acabó por comprender que nunca más volvería a su patria en vías de extinción, y expiró poco antes de otro aniversario de la Revolución Francesa, poco antes de otro aniversario de la muerte de Babette; y ni muerto, inofensivo, silencioso e incapaz de blandir un arma, le permitieron volver a su país. Por eso ahora sus huesos se hallan en el cementerio de Montparnasse, muy cerca de los restos de Pierre Laffitte.

Lucio camina al otro extremo de la capilla y permanece unos segundos con la cara hacia la pared; entonces da media vuelta y se dirige a la mujer con la mano extendida. Es un honor conocer a tan ilustre hombre, militar y presidente como usted. Ella titubea antes de estrecharle la mano. Pierre Laffitte a sus órdenes, dice él. Porfirio Díaz, dice ella, también a sus órdenes. Lo conozco perfectamente bien, dice Laffitte, todos los franceses lo conocemos y respetamos y hasta le tememos; usted fue quien nos venció aquel cinco de mayo; sabemos que Zaragoza mandaba, pero usted ejecutó, y nos ejecutó con sus cargas de caballería, nos agujeró con sus balas, nos puso en retirada, usted fue el vencedor de esa batalla que no se ganó con las órdenes de Zaragoza sino con los huevos de usted y de su gente. Por eso Zaragoza habría de morir como un perro sarnoso en una casucha, mientras que usted falleció en una mansión en París rodeado de sus familiares, de los más altos dignatarios y, por orden del presidente de la república francesa, con la espada de Napoleón en sus manos. Si es tanta su devoción hacia mí, dice don Porfirio, habré de pedirle un favor. Pierre Laffitte asiente; usted manda, general, todo menos traicionar a mi patria. Descuide, mi petición es más sencilla, sólo dígame dónde está Babette, la perdí tras una puerta y no supe más de ella; si está viva o muerta me da lo mismo, pero así como usted y yo tenemos la certeza de hallarnos en Montparnasse, me hace falta la certeza de Babette. Laffitte afloja las piernas y se acomoda en una silla; elige mirar el suelo cuando dice: lo siento, pero las novelas son mi patria, no puedo ser un soplón como el padre de Zimbrowski. Don Porfirio va hacia allá y le da una bofetada. Como el único indio que supo ser parisino, le ordeno que me diga dónde diablos está Babette o el cuerpo de Babette o los huesos de Babette o su polvo o su aliento o su nombre o su nada.

Sin dejar de mirar el suelo, Pierre Laffitte se incorpora y va a la salida de la capilla. Ahí recorre Icamole con la vista, admira lomas y cerros y nopales. Venga, don Porfirio, dice y espera en silencio hasta tenerlo a un lado. Usted debe saber cuántos hombres cayeron en la batalla de Icamole, cuántos se hallan sepultos en este fondo del mar. Si lo mira bien, es más hermoso que Montparnasse; más bellas son las olas que las letanías, los corales que las lápidas, los nopales que las cruces; además aquí hay gente joven que murió con violencia, no ancianos achacosos como usted y yo, de huesos que ya se venían haciendo polvo; y aquí está Babette, la suya, la mía, la de todas las mujeres que perdieron a sus hijas; aquí está, bajo aquel aguacate que se ve a la derecha, el único árbol verde que nos queda. Todo el mar se inundó de desierto, pero queda la isla de Babette.

Descanse en paz, dice don Porfirio. Descanse en paz, repite Laffitte.

Tres señoras entran en la biblioteca. Creemos que fue usted quien rayó la carta a Evangelina, dice una de ellas. Ya mandamos buscar en un diccionario con el profesor Rocha y es verdad, fe se escribe sin acento, pero nadie tiene derecho de alterar un texto sagrado. Otra de ellas se aproxima a Lucio con una Biblia, la posa sobre el escritorio y la abre en las últimas páginas. Mire, le señala un par de versículos subrayados. Lea esto. Él gira la Biblia para orientar los renglones y, tal como estaba acostumbrado cuando tenía gente alrededor, lee en voz alta: A todo el que escuche las palabras del mensaje profético de este libro le advierto esto: Si alguno le añade algo, Dios le añadirá a él las plagas descritas en este libro. Y si alguno quita palabras de este libro de profecía, Dios le quitará su parte del árbol de la vida y de la ciudad santa, descritos en este libro. La redacción le parece torpe, con repeticiones evitables; relee en silencio y sólo entonces alza la vista. La tercera señora le habla de los riesgos que corre su alma por andar modificando frases sagradas y pronuncia algunos argumentos que Lucio ya no atiende; tiene la cabeza en el pasaje bíblico. ¿Por qué esa advertencia? ¿Por qué ese mensaje que ningún escritor se atrevería a dirigirle a su editor? Ni siquiera un poeta de ego abultado por un premio Pavlov. Una coma, un acento, y acabaré contigo, te tiraré del árbol. Todo un tipo el autor de la Biblia, se dice. Las señoras pronuncian una amenaza y salen del local. Lucio continúa unos segundos absorto en esos versículos. Retrocede una página para leer el principio del capítulo. *Luego el ángel me mostró un río de agua de vida, claro como el cristal...* ¿Claro como el cristal?, cuestiona Lucio, no conozco símil más ordinario, acaso el de algunos narradores nórdicos que hablan de rostros blancos como la nieve sin pensar en la gente del desierto que jamás ha visto nevar. Echa atrás las páginas para dar con el primer capítulo del Génesis. *En el principio Dios creó los cielos y la tierra.* Niega con la cabeza. ¿Para qué aclarar que el principio es el principio? Tacha las tres primeras palabras y lee en voz alta: Dios creo los cielos y la tierra. Mucho mejor, se dice. Salta varias páginas y vuelve a leer. *Por tu gran poder, Señor, quedarán mudos como piedras.* Lucio siempre ha desconfiado de los símiles. Mudos como piedras, repite en un susurro, para el caso quedaron mudos como troncos o zapatos o cualquier cosa que venga a la mente. Luego de repasar su opinión acaba por aceptar el símil, pues por su misma vulgaridad pasa desapercibido; haber escrito *quedarán mudos como uñas,* provocaría que el lector lo considerara una extravagancia, distrayendo su atención del texto. Comoquiera la mejor enmienda le parece decir simplemente *por tu gran poder, Señor, quedarán mudos.* Pese a su recelo por los símiles, Lucio casi nunca condena un libro al infierno por ordinarios que éstos sean, ni siquiera cuando, en vez de precisar, desorientan al lector: *se sintió como si el mundo le cayera encima, como el último hombre en la tierra,* ideas inconcebibles para Lucio, palabras fatuas pero tolerables. Sólo entregaba la novela de inmediato a las cucarachas, sin importar lo atractiva que le estuviera pareciendo, cuando el autor recurría al cine para darse a entender. Dos semanas atrás condenó una novela por este motivo: *Al tomarla de la mano, James le sonrió como Peter O'Donohue en El valle de las gaviotas,* la cual Mary Anne había visto al menos diez veces en la enorme pantalla del cine de la calle Ocho. ¿Yo cómo voy a imaginar esa sonrisa?, exclamó Lucio, que tenía años de no pararse en una sala de cine. Se deshizo sin miramientos del libro, a pesar de saber que la sonrisa estilo O'Donohue era el primer paso de James para seducir a Mary Anne. Desprecia el cine, pero su aversión por esos autores se basa en otra cosa. No merecen llamarse escritores, piensa, si en vez de tomarse el trabajo de describir una sonrisa, un peinado, una mirada, una actitud, prefieren enviarme a ver una película. Cierra la Biblia, la apoya sobre el lomo y la suelta para que se abra en cualquier página. Ahí comienza a leer: Y les haré comer la carne de sus hijos y la carne de sus hijas, y cada uno comerá la carne de su amigo, en el asedio y en el apuro con que los estrecharán sus enemigos y los que buscan sus vidas. Esto sí está muy bien, asiente satisfecho; repite tres veces la palabra carne, pero no importa, al contrario, le da intensidad y ritmo. En cuanto a los evangelios, tiene claro que escritor y editor debieron elegir el mejor de los cuatro, el más completo o poético o revelador o, tal como acostumbran, el más comercial, y suprimir los otros tres. Decide leer de cada uno solamente el versículo en el que muere Cristo. Es fácil hallarlo, pues en esa edición de la Biblia las letras son rojas cada vez que habla el salvador. Mateo dice: Mas Jesús, habiendo otra vez clamado a gran voz, entregó el espíritu. Marcos redacta con mayor concisión: Mas Jesús, dando una gran voz, expiró. Ambos hablan de gran voz, y a Lucio le parece bien, pues usar grito o alarido como sinónimos le restaría dignidad al último momento. Lucas dice prácticamente lo mismo, sólo aclara qué fue lo que Jesús clamó a gran voz: Padre, en tus manos encomiendo mi espíritu. Un buen enunciado para morir, pero a Lucio le parecen palabras que se dicen en un susurro; difícil pensar que se clamen a gran voz. Finalmente lee a Juan: Cuando Jesús hubo tomado el vinagre, dijo: Consumado es. Y habiendo inclinado la cabeza, entregó el espíritu. Lo examina de nuevo y resuelve que Juan es el mejor. Con Juan, Cristo dice, no grita; con Juan, acepta que todo ha terminado; con Juan, inclina la cabeza. Consumado es resulta una frase más poderosa que padre, en tus manos encomiendo mi espíritu. Es sobria, definitiva, resume la aceptación del fin. Aunque sin duda, como evangelista, Pierre Laffitte habría sido más conciso, contundente, habría obviado la necesidad de decir que entregó el espíritu o cualquier mención directa sobre la muerte. La versión de Laffitte simplemente indicaría: Consumado es, dijo Jesús cuando hubo tomado el vinagre, e inclinó la cabeza.

No es la primera vez que Lucio tiene una Biblia en las manos, ya antes la ha leído y le parece un excelente libro, si sólo se hubiera realizado un mejor trabajo de edición, si no exhibiera excesos del novelista que cobra por palabra. Cierra el volumen y va a buscarle un sitio en los libreros. Un buen libro, dice, pero con vicios. Decide no ponerlo entre sus preferidos; no entre *El canto del olvidado*, *La charca*, *Traición*, *La húngara y el ciego*, *Dos gramos de inocencia*, *La muerte de Babette* y otros tantos. Disculpa, dice, pero distas de ser perfecto, al menos como escritor. Aquí mismo, en estos estantes, tengo ejemplos de muchos autores que lo han hecho mejor que tú.

Nota que su biblioteca se oscurece. Alguna nube pasa por ahí. Lucio acomoda la Biblia entre *Nostalgia de tu imagen* y *Batallas nocturnas*, y sale a la calle. No es una nube ordinaria, no es blanca como un rostro blanco como la nieve.

Llueve con tal vehemencia que acequias y arroyos se desbordan, haciendo que el agua circule por la calle. Lucio se quita los zapatos y se sienta en la escalinata de su biblioteca para mirar la carrera de esa agua de chiquero que acarrea incontables abalorios de caca de chivo, orondos como cereal en leche. La gente sale a mojarse y se repite el alboroto de la primera visita de la pipa, sólo que ahora no deben esperar turnos, el agua cae y corre para todos por igual. La señora Urdaneta se sienta a media calle con las piernas abiertas a contracorriente; dos niños brincan desnudos; algunas mujeres se dirigen a la capilla para asegurar que el aguacero no invada su interior; el gordo Antúnez se recuesta y obliga a su cuerpo a rodar con la corriente mientras grita auxilio, el río me lleva. Esta lluvia es diferente a la de Madrid, piensa Lucio, e imagina pavimento en vez de lodo y muchachas en falda corta que brincan charcos, visualiza empapado al inmigrante recién llegado de África y a los meseros ocupados en asear el suelo porque ahora los clientes marcan sus pisadas. Debí darle otra oportunidad a *El otoño en Madrid*, así fueran diez páginas más, tal vez el enamorado estaba por terminar su carta, y el autor renunciaría al lenguaje en almíbar para regresar al del cerdo entre matarifes; y acabaría sacrificando al inmigrante como a un cerdo, aunque MacAllister predique que los colores no hacen mella, y si al final hubiera un niño para preguntarle a su abuela por qué ocurren esas cosas, ella no tendría empacho en responder porque somos negros, mi niño, por eso nos tiene que cargar la chingada.

Pero *El otoño en Madrid* ya está condenado y en eso no hay vuelta de hoja.

Lucio escupe con la esperanza de que el torrente conduzca su escupitajo hasta el rostro del gordo Antúnez. Se dice que también existen novelas sobre muchachos obesos e idiotas que asesinan niñas, que las montan sudorosos, sin seguridad sobre qué debe hacerse en ese momento. Uno es Bobby Masterson, el retrasado mental de *La vida en el campo de patatas*. Lleva semanas espiando por la ventana a su prima Lucille en una granja de Irlanda; una prima menuda, una granja junto a la costa. No importa si la persiana se halla abierta o cerrada, a Bobby le da lo mismo ver que imaginar los movimientos de Lucille, desde el momento en que entra en su recámara hasta que cae dormida sobre la cama de resortes chilladores. La noche de San Patricio todos los adultos van al pueblo más cercano y lo siguiente resulta tan predecible que Lucio se dijo la va a matar, de eso no hay duda, pero ojalá lo haga ahí mismo en la cama; ojalá no la lleve al establo. Pero la llevó, y la arrojó entre la paja, entre el balido de algunas ovejas. Bobby no sabe qué hacer, por eso se monta sobre ella completamente vestido y no intenta desnudarla. El sudor de su rostro escurre hasta la punta de la nariz, convertida en un embudo por donde se derraman las gotas hacia los ojos de su prima, que ya no distingue entre sudor ajeno y lágrimas propias. Bobby decide matarla, el narrador no explica por qué, sólo menciona una voz interna que dice mátala, mátala, para lo cual libera todo su peso sobre ella, asfixiándola poco a poco, mientras le dice que la quiere y le pregunta si ella lo ama. A Lucio no le hicieron falta explicaciones, Bobby debe matar a su prima porque es un gordo imbécil, y los gordos imbéciles no aparecen en las historias para robarse patatas ni para trasquilar ovejas; los gordos imbéciles traen desgracias y mueren en el penúltimo capítulo de manera trágica. Bobby habría de caer por un acantilado al mar sin que nadie supiera más de él; Lucio terminó la novela agradecido de que el establo nunca se incendiara.

El gordo Antúnez continúa rodando y gritando. Auxilio, alguien apiádese de mí. Lucio refuerza su idea del agua de chiquero y se acerca al Bobby Masterson de Icamole. Anda, pinche gordo, le da una patada con su pie descalzo, eso no se le hace a una niña, y menos si no es para gozarla; tú debiste tomar el lugar de Melquisedec, los policías se habrían deleitado al torturar toda tu grasa, tus tetillas de mujer. Entonces sí tendrías motivos para pedir auxilio, chillarías por las agujas de tejer en tus nalgas. Otra patada. El gordo sigue recostado, pero ya sin rodar. Mira a Lucio con miedo. El agua acarrea cada vez menos excremento. No es lo mismo tirar a Melquisedec de una camioneta en marcha que tirarte a ti. Tú serías un espectáculo inolvidable, ridículo, una pústula descomunal reventada en un letrero a la orilla del camino. Le da una patada más y el gordo lloriquea. La señora Urdaneta cierra las piernas para ponerse en pie. No le haga daño al muchacho, grita.

La corriente crece, se ha llevado un zapato de Lucio. Él sabe que aún puede ser tiempo de localizarlo, pero no quiere que esas personas lo vean correr tras cualquier mancha oscura que pueda ser su zapato o una rata muerta.

Remigio le contó que a Babette también le faltaba uno; tal vez la corriente lleve ambos al mismo lugar.

Entra en su biblioteca escurriendo, deseoso de soltar un puñetazo sobre cualquier rostro. Por su ventana mira a la gente de Icamole mojándose en la lluvia. Los escritores europeos asocian el cielo gris con la tristeza, piensa Lucio, sin duda nunca han visto llover en Icamole. Sólo Babette es diferente: ella se moja y sonríe, cree que las gotas en el tejado son percusiones musicales. Pero no es lo mismo el Sena que esta riada de estiércol, no es igual Babette sin paraguas que la señora Urdaneta con las piernas abiertas.

Señor Laffitte, en estas tierras perdí muchos hombres, dice don Porfirio, pero ninguno, ni siquiera todos juntos, valen un cabello de Babette o, si prefiere, la palabra cabello cuando usted escribe de Babette. Tal vez los lloró una esposa o una madre o incluso un padre o ellos mismos si hubo tiempo de agonía, si la bala o el cañonazo no los descerebró de inmediato, tal vez los lloró el Llorón de Icamole, pero de ahí en delante dejaron de importar, a no ser como vianda de moscas y gusanos; a no ser Pedro Montes que, al igual que usted, sólo vale por lo que escribió. Babette es y siempre será; en cambio mis soldados fueron. Yo fui. Por eso los hombres como yo debemos lograr que la historia sea literatura. Usted pregunte a la gente, pregunte incluso a quienes se han dedicado a estudiarme. Le dirán ah sí, don Porfirio, y soltarán ideas vagas; un dictador que se reeligió muchas veces, se marchó a París, allá murió, quizás un buen militar, era del sur, creo que de Oaxaca o de Tabasco, por su culpa estalló la Revolución; algunos discutirán si a mi gobierno debe llamársele porfiriato o porfirismo, y casi todos, al escuchar mi nombre, pensarán en un retrato de un hombre de ochenta años, de medio perfil, de bigote cano y espeso, diversas condecoraciones al pecho y aire orgulloso; pero nadie evocará frases como: Porfirio despertó sin ganas de salir de la cama y se cubrió con la cobija para que no lo viera su madre; una por una, se lamió las yemas de los dedos antes de acariciar los pezones contraídos de Carmelita; besó a su hijo en la frente y le prometió que esa misma semana le enseñaría cómo se monta un caballo; antes de salir del hotel para abordar el Ipiranga rumbo al destierro, se miró en el espejo para hallar por primera vez a un hombre débil, en decadencia. ¿Me entiende, señor Laffitte? Aunque sólo sean unas líneas, necesito que usted me escriba; el final de don Porfirio no puede ser un médico explicando que mis funciones han cesado ni un féretro que desciende en una fosa de Montparnasse; no, señor Laffitte, polvo soy pero no quiero convertirme en polvo sino en palabra, en su palabra, en *La muerte de don Porfirio*, por Pierre Laffitte.

La conversación había iniciado en la biblioteca; ahora ambos se hallan frente al portón de la casa de Remigio. ¿Es aquí?, pregunta la mujer. Lucio golpea la madera con sus nudillos. Abre, tienes visita. Ella habla con firmeza: Señor Laffitte, estoy esperando una respuesta. No lo sé, don Porfirio, tengo muchos años de no escribir. Ella lo toma de las manos, opta por suavizar la voz. Por favor, señor Laffitte, dice, y se las aprieta hasta que él acaba por ceder.

Lucio se para frente al aguacate y señala sus raíces. Aquí está Babette, dice; ha llovido y pronto volverá el verde a Icamole, mas este árbol nunca ha perdido su color ni su savia. Babette es prosa que es poesía; es la idea de un baile que no se celebró, un amante que nunca llegó, un paraguas en la memoria del tío André, es la madre que se pregunta dónde está, es la palabra Babette inmutable aunque se traduzca a veinte idiomas, aunque se imprima con tipos romanos, itálicos o helvéticos; pero Babette también es tres cuartas partes de agua, materia orgánica, es intestino con heces a medio camino que ahora son fertilizante; Babette es nitritos y nitratos, saliva y sudor y lágrimas y orina, es fósforo y calcio y hierro y potasio, es pelos y mocos; es la última cena en su estómago. Babette es todos estos incipientes aguacates que se asoman entre hojas y ramas, aguacates tersos que un día donarán sus huesos para que sean sembrados en esta huerta que dará amparo a toda la descendencia de Babette. Lucio toma la mano de la mujer y la conduce al pie del árbol. Tal como dijo el tío André, mira a tu hija y mira el sol, mira a tu hija y mira la tierra; el sol es de Dios, la tierra es de la patria y Babette pertenece a los dos. La mujer toca el árbol con ambas manos, cierra los ojos y agacha la cabeza.

Remigio toma a Lucio del brazo y lo conduce adentro de la casa. ¿Para qué trajiste a esa mujer? No te preocupes, visitará la tumba de su hija en silencio, sin ganas de escarbar, sin buscar venganzas o culpables más allá de Melquisedec. Además no se lo dije yo, sino Pierre Laffitte, y a la mujer no le hace falta ver el cuerpo, le basta con las palabras. La conversación se interrumpe cuando Lucio descubre las sábanas embarradas de aguacate en la cama de Remigio. Se dirige a la recámara y halla el cesto vacío. Si los aguacates fueran rojos parecería el escenario de un feroz crimen, pero su color verde rechaza toda comparación, así fuera un símil descabellado de Soledad Artigas. Remigio señala el libro de Alberto Santín en la mesa junto a la cama. Es la primera novela que leo hasta el final, dice. Santín sabe pocas cosas, no puede hablar de un asesinato cuando es obvio que ni siquiera le ha torcido el cuello a una gallina, no tendría las agallas para degollar a un cerdo. Para ser tu primera novela te das cuenta de muchas cosas, observa Lucio. ¿Leíste su biografía en la solapa? Es un escritor de ciudad para lectores de ciudad, y el que se sienta en porcelana no sabe de letrinas. Pero hay algo que sí comprende bien, dice Remigio, tú no te deshiciste del libro por una pequeñez física del personaje. Sí, admite Lucio, eso me parece original, rompe con la costumbre de autores que ponen su ego por encima del arte. Creo que tu solidaridad es más que literaria, Remigio lo reta con la mirada. Lucio se pasa los dedos entre el cabello. A tu madre nunca le importó, responde, y tú eres mi hijo. Remigio repite el gesto de los dedos por el cabello. A los aguacates tampoco les importa. Envuelve las sábanas, avergonzado, y tira el bulto al suelo. Supongo que amas a esa mujer. Lucio regresa el libro a la mesa y clava las manos en los bolsillos para mantenerlas quietas. Con resignación, dice, así es como aman los viejos. Remigio prefiere no agregar nada, calcula que su silencio es más lúcido que cualquier frase. Lucio es quien retoma la palabra. Ayer vi a la señora Urdaneta bajo la lluvia. Se reía; le faltan al menos dos dientes, y temblaba su barriga de cuatro pliegues. Luego me fui a leer *La muerte de Babette*, el pasaje del temporal de primavera. Babette se recostó en la acera con la vista hacia el cielo y descubrió un modo nuevo de gozar la lluvia; ella parpadeaba con cada gota que golpeaba en sus ojos. Era inevitable parpadear, como inevitable también resultó que brotara la risa, y una vez con la boca abierta, el aguacero se apropió de sus cinco sentidos. Algunas personas buscaban resguardarse y debían esquivar a esa niña risueña, tumbada cual cadáver aunque más viva que cuantos la observaban. Un anciano decidió recostarse junto a ella, de manera que sus cabezas casi se tocaban y los pies se mantenían como polos opuestos. ¿Qué edad tienes, niña? Doce. Pues si no me fallan los números, yo debí hacer esto sesentaidós años atrás, pero entonces me regañaba mi madre y ahora me va a regañar mi médico. Ambos rieron cuando una mujer que pasaba por ahí les llamó cretinos.

Icamole y París, dice Remigio, una gran diferencia. Lucio asiente. Hoy leí ese pasaje hasta memorizarlo, pero de nada me ha servido, no es la niña echada frente al palacio de las Tullerías la que me ha estado saltando a la mente, sino la señora Urdaneta abierta de patas. París o Icamole; nunca me importaron las diferencias y en todo caso Icamole resulta superior. Al menos eso pensaba hasta que llegaron las lluvias. Quise ver a Babette y sólo apareció la señora Urdaneta. Por eso es necesario que la madre de Babette se quede en Icamole. Mi ventana no es la de don Porfirio, desde la mía no distingo la torre Eiffel, pero sí quisiera asomarme y al menos de vez en vez descubrir a esa mujer que ahora llora junto al aguacate. ¿Por eso la trajiste?, Remigio hace una seña a Lucio para que lo siga; una vez en la cocina indica unas piezas de pan. ¿Quieres crear un vínculo entre esa mujer y el árbol? ¿La quieres tener aquí cada aniversario? ¿Cada ocasión especial? Lucio toma uno de los panes y lo muerde varias veces antes de hablar. Ella dice que la edad nos separa; de lo contrario me amaría. Remigio sonríe. ¿Le creíste? De nuevo comienza a llover; una lluvia ligera, aunque sonora en el techo de lámina. La mujer permanece inmóvil junto al aguacate. No son palabras para creer, responde Lucio, son palabras que se arraigan en la cabeza para maldecirme por no tener treinta años menos. ¿Y ahora tus libros no vienen al rescate? ¿No te basta con leer una novela para que al otro lado de tu ventana exista lo que tú prefieras? Eso ocurre con las que envío al infierno, porque mienten. En esas novelas siempre se atrapa al asesino y la edad no importa mientras haya voluntad; en ésas los personajes actúan por convicción aunque el escritor lo haga por dinero; por eso el abogado defiende al negro sin amedrentarse ante las protestas de los blancos, por eso el policía rechaza el soborno, por eso el injustamente encarcelado escarba un túnel a la libertad, por eso el general Miller es benigno con sus prisioneros aunque no hablen su idioma. En esas novelas se alivia el tuberculoso y se redime el alcohólico y el escritor recibe premios tan inmerecidos como todos los premios. Lucio observa a la mujer junto al árbol, el agua comienza a escurrirle por el cabello. En cambio, los libros que conservo son la vida, y la vida establece un muro entre esa mujer y yo. Laffitte amaba a Babette, pero debió dejar que se perdiera tras la puerta. Él sabía que la literatura condena: los negros son arrojados de los puentes; los niños, enterrados; los ancianos, torturados; los pueblos mueren sin una gota de agua; la mujer amada se larga a Kaliningrado. Ésa es la realidad, aunque ahora la tierra esté mojada, aunque yo sea débil y desee que esa mujer se quede. ¿Y mi madre?, pregunta Remigio. Los ojos de Lucio apuntan al suelo; le conforma saber que, al menos en su recuerdo, Herlinda jamás será vieja. Ya son muchos libros, dice, y ni siquiera me he acercado a ella. Hay mujeres de ciudad, sofisticadas o violentas o putas, nada como Herlinda. Y los escritores que hablan de mujeres de pueblo las hacen supersticiosas, hechiceras, mujeres que van de un lado a otro sin mover los pies, que atraviesan paredes y curan con hierbas; ninguna hace planes para montar una bodega de alimento balanceado, ninguna derrama más sal de la cuenta en el caldo de verduras. Herlinda es difícil de hallar: pueblerina pero de piel tersa; pueblerina pero sin creer en muertos que se aparecen ni en niños con la sabiduría de un anciano o con los ojos amarillos o garras de halcón; pueblerina y desértica, pero sin poderes curativos ni costumbres idiotas para que las lectoras la comparen con sus sirvientas. En algunas novelas rusas he hallado algunos de sus rasgos, pero ahí las mujeres acaban por llorar demasiado y están dispuestas a prostituirse antes que ver a su padre morir de hambre. ¿Por eso sigues leyendo?, pregunta Remigio. Lucio no responde y ambos salen a la huerta. El agua cae cada vez con mayor intensidad; la mujer continúa frente al árbol. Remigio echa una piedra al pozo. ¿Escuchaste?, si este sonido nunca hubiera dejado de brotar, ahora esa mujer estaría muy lejos, en Monterrey, mimando a su niña. Seguro, Lucio lo palmea en la espalda, alza la vista hacia el cielo, recibe las gotas en los ojos. ¿Y tú? ¿qué estarías haciendo? ¿desmenuzando ixtle para ganarte unos pesos? ¿deshierbando tu huerta, preparándote para sembrar chile la próxima temporada? Mira lo que te trajo esa niña. Ahora vives para tu árbol, en espera de que broten los aguacates de Babette para amarlos por sobre todas las cosas, no como a esos que embarraste en tus sábanas, que apenas superan a cualquier señora de por aquí. Hablan con confianza, sin bajar la voz, seguros de que el goteo los resguarda de los oídos de la mujer. ¿Tocaste a Babette? ¿Acariciaste su piel? No pude evitarlo; tú me dijiste que revisara la etiqueta de sus calzones. No te disculpes, Lucio cierra los ojos, ella vino para eso, para habitar por siempre en ti. La lluvia es lo que no corresponde. Un pueblo como Icamole, con mujeres de la calaña de la señora Urdaneta, debería morir en la aridez, terminar su historia con los orines del padre Pascual. Deberían marcharse todos; sólo te quedarías tú, abrazado a tu árbol, atesorando tus aguacates, para eventualmente morir sereno entre tus sábanas embadurnadas.

Pero está lloviendo, dice Remigio, y Lucio asiente. Dios tiene poco sentido artístico; echó a perder un buen final. Prefirió al gordo Antúnez rodando por la calle en vez de arrojarlo por un acantilado. Además le ha dado mucha vida a Melquisedec. Tan pronto como lo hicieron confesar el crimen, debieron arrojarlo de la camioneta. Sin embargo, eso ya no debe aplazarse, a más tardar mañana nos enteraremos de su muerte.

De pronto deja de llover y ambos guardan el mismo silencio de las nubes. Lucio va hacia la mujer y se para a su espalda. No hace falta que me ame, dice, basta con que me sirva. Y por el rostro de la mujer, cuando se vuelve, resulta obvio que no ha leído *El paraíso de Yoshikazu*.

Don Porfirio espantó una mosca que se posó sobre su comida, y sin querer recordó… ¿Qué comía?, pregunta la mujer. No lo sé, responde Lucio, ¿qué podría comer un mexicano en París? Ella medita unos segundos antes de sugerir algo. ¿Le parece una cocotte de porc à l'ananas? Lucio resopla, molesto. No, no me parece. Digamos que comía pollo hervido, porque imagino que su dentadura no le daba para otras carnes; pero no es indispensable aclararlo, lo que me interesa decir es otra cosa. Entonces inténtelo de manera distinta, dice la mujer, porque a mí me interesa saber dónde se posó la mosca. Lucio piensa que no hay como leer y juzgar: se va al librero o se va al infierno; imaginar a partir de un texto le resulta fácil, pero imaginar se vuelve complicado si se parte de la mente en blanco. Don Porfirio espantó una mosca que se le había posado en el dorso de la mano, y sin querer recordó el mosquerío de Icamole, esas zumbantes parvadas que se arremolinaron en torno a sus soldados caídos. Pude haber sido uno de ellos: una bala que pasa a medio metro de mi cuerpo es una minúscula desviación en el fusil que la dispara a cien metros de distancia; es un movimiento imperceptible causado por la palpitación del corazón que expande las yemas de los dedos; es, para fines prácticos, mero azar. En una batalla como la de Icamole, con blancos y disparadores en movimiento, todo es fortuito, cada bala es una bala perdida; y si la fortuna hubiese decidido agujerar mi cráneo, mi pecho en ese lugar, ¿qué habría ocurrido con mi país? ¿qué con su historia, con sus hombres, con sus monumentos? No habría existido el porfiriato ni, por supuesto, don Porfirio; en vez de un presidente firme para más de treinta años, México habría continuado con su tradición de zacapela tras zacapela y presidencias de unos meses, unos días, unas horas, sólo en espera de la siguiente revuelta, debilitándose y mandando señales a otros países, mírennos, somos unos salvajes sin noción de cómo gobernarnos, nos hace falta otra invasión extranjera, otro príncipe borbón, otro gringo de mierda que nos quite otra tajada. Un estornudo a destiempo del hombre que dispara y yo estaría enterrado en un sitio del desierto conocido como Icamole y que tal vez ahora sería parte de los Estados Unidos. Don Porfirio nunca hubiera existido, pero los mexicanos llorarían por el salvador que no llegó. Por eso Icamole debe ostentar una placa que diga aquí se salvó don Porfirio, aquí se salvó la patria.

La mujer alza la mano para detener el palabreo de Lucio. ¿Sabía que don Porfirio se casó a los cincuentaiún años con una niña de quince? Usted ya pasa de los sesenta y yo ya no tengo quince, pero tal vez la diferencia de nuestras edades sea la misma que la de ellos. Supuse que usted estaría pensando en eso, dice, en esto, y se pasa las manos por los brazos, el rostro y las pantorrillas, pero veo que sigue con los ojos puestos en su pueblo. Le pido un pasaje en la vida de don Porfirio y usted me da lisonjas para su tierra; un discurso digno de las cucarachas. Usted es un impostor, no le llega a Pierre Laffitte ni a las plantas de los pies. Lucio baja la cabeza. La mujer está en lo cierto, un editor debe tratar de ese modo a su escritor. Andrade Berenguer debió recibir ese regaño, el insulto de su editor, su manuscrito arrojado a la cara. ¿A qué hora me vas a revelar la verdad sobre los amantes? O el propio Felipe Ibarrola, ¿acaso nadie le dijo qué me importa si tu libro se lee al derecho y al revés cuando resulta igual de aburrido de ida que de vuelta? La mujer se acerca a Lucio; su voz no es la de un editor iracundo sino la de una mujer comprensiva. Hubiera preferido que hablara del primer contacto de esos dos cuerpos desnudos. ¿Qué se dijeron? ¿O todo fue en silencio? ¿Era capaz ese dictador de pronunciar palabras amorosas en la intimidad? ¿Carmelita sentía deseos o pensaba que su padre la había entregado en sacrificio? Pierre Laffitte habría sabido que por muchas batallas que hubiera peleado, por intensos que fueran los problemas de su país, en ese momento para don Porfirio no había más México que la carne virgen en su lecho. Seguro, dice Lucio, pero Laffitte confía en la mente del lector; por eso la puerta se cierra tras Babette, por eso se cerrará la puerta del lecho de don Porfirio y nos dejará afuera, deseosos de hallar un resquicio en la cortina, el ojo de la cerradura, nos hará pegar la oreja a las paredes, porque distingue en qué momentos la imaginación es más brillante que los hechos; el deseo, más intenso que el placer; la duda, más opresiva que la evidencia. Laffitte es el silencio elocuente. Muchos lectores gritarán: abra la puerta, don Porfirio, quiero saber qué le hace a esa niña, quiero verla sacudir los muslos en señal de protesta, cómo le da usted vuelta para someterla; o quiero verla hambrienta, ambiciosa de piel y poder. El editor golpeará esa puerta con mayor intensidad, querrá derribarla a patadas: abra de inmediato, o perderemos a numerosos lectores, abra o nadie se interesará en hacer cine de esta historia. Pero don Porfirio no abrirá porque Laffitte se lo impide, y los lectores se irán poco a poco, luego en hordas, a otras historias de puertas abiertas, sin secretos, en las que tarde o temprano se sabe qué hicieron en la alcoba, de quién era el arma, por qué no aceptó el matrimonio, quién la mató, cómo lo hizo, qué ingredientes llevan los panes de la abuela, quién era su verdadero padre, dónde quedó el zapato de la niña. Lucio se calla porque en los ojos de la mujer, en su sonrisa impuesta, distingue que ella no es su aliada, y opta por cambiar el tema. Cuando recién abrí la biblioteca la llamé Klaus Haslinger; después el gobierno me exigió que la bautizara con el nombre de un profesor sin otro mérito que un rango en el sindicato de maestros. Ahora soy independiente y puedo ponerle como yo quiera; eso si usted me lo autoriza, pues quisiera usar el nombre de su hija. ¿Anamari?, dice la mujer, ¿eso le gustaría? ¿Biblioteca Anamari? Lucio va hacia ella y le retira un mechón de cabello sobre la frente. Ella no se turba, no hace retroceder la cabeza. Él desea que la gravedad devuelva el mechón a la frente para removerlo de nuevo con sus dedos, que caigan mechones en todo su rostro y cuerpo. Anamari es un bonito nombre para una niña, pero en un edificio apenas alcanza para una lonchería; yo pensaba en Babette.

Las nubes aún no se han marchado, dan al entorno un aspecto de tarde en la tarde aunque es pleno mediodía. Lucio sale del local y maldice la nueva andanada de lluvia. Mira disimuladamente al fondo de la calle por si acaso su zapato sobresale entre la nueva orografía de piedras, ramas secas y charcos. Le abochorna el par desgastado que trae puesto y que la mujer lo vea así, andrajoso como campesino recién llegado a la ciudad en una novela escandinava. ¿Leyó *El pan de cada día*?, pregunta, y cuando la mujer asiente, Lucio señala sus zapatos. Por supuesto, dice ella, Oleg asegura que si sus dedos no estuvieran tan chuecos, habría más dignidad en andar descalzo. Oleg no tiene trabajo, pasa hambre y por las noches no halla un techo que lo cobije; es un hombre enorme, en el campo era rudo, fuerte, hacía zanjas y cargaba rocas, pero en la ciudad cambian las reglas; sus brazos no sirven si Oleg no sabe sumar, y nos conmueve su fragilidad cuando se ofrece en un restaurante para tirar la basura, porque sabemos que no la va a tirar. Lucio toma una barra metálica junto a la puerta; la encaja entre la fachada y la lámina que ostenta el nombre del profesor Fidencio Arriaga. Basta un estirón para vencer los pernos oxidados. Oleg desciende hasta el fondo de la degradación, y cuando llega el invierno y pensamos que va a morir congelado en cualquier calleja, la dueña de la panadería le ofrece una enorme pieza y té caliente. Necesito un empleado como tú, le dice, un hombre como tú. El autor no se atrevió a matarlo de hambre, a congelarlo en una ventisca, dice ella, aunque ése hubiera sido el final lógico. Lucio toma la lámina y la arroja a media calle. Se admira de lo bien que se conservaron las letras de Klaus Haslinger detrás de la lámina. Gracias a eso le dieron el premio Pavlov, dice, si Oleg hubiera muerto, adiós Pavlov. Oleg demuestra que a pesar de sus zapatos alguien puede aceptarlo para reiniciar una vida. Eso ocurre porque el autor es hombre, aclara ella, dibuja un alma buena y cree que una mujer puede amarlo sólo por eso. Se equivoca; las mujeres necesitamos otra información sobre un hombre como ése. No conocemos la calidez de su voz, si conversa mirando a los ojos, si su abrazo nos hace sentir pequeñas. A una mujer no le interesa un hombre que necesita ser rescatado. Como empleado tal vez, concluye, pero para amar a un hombre, el alma buena es lo de menos.

Greta se asomó por la ventana de su panadería y notó que la nieve caía a cada minuto con mayor intensidad. Las calles comenzaban a quedarse desiertas y supuso que esa tarde ya no tendría clientes. Decidió cerrar y volver a casa. En el trayecto no le dio importancia a un montículo a un lado de la vereda y durante todo el invierno se preguntaría por qué Oleg nunca volvió a pasar frente a su negocio, con esos ojos oscuros y sumergidos, con la esperanza de que ella le ofreciera un pan duro sobrante de antier.

¿Lo prefiere así? Mucho mejor, dice ella, Oleg muerto

bajo la nieve es preferible a la novela original; también preferible a su malograda historia de don Porfirio. Veo que tiene mejor mano para hablar de un pobre diablo que de un presidente.

El chivo se halla atado al árbol. Remigio se aproxima y aprisiona al animal entre sus piernas, apretándole ambos costados. Con la mano izquierda le toma pellejo y pelambre a la altura de la nuca y con la derecha acerca el cuchillo al cuello. El animal mueve las patas en un leve esfuerzo por liberarse, un esfuerzo sin esperanza, sólo por no dejar. Mira el recipiente morado de plástico presto a recibir la sangre.

Espera, dice Lucio, no lo mates como de costumbre.

Horas antes Lucio tocó las puertas de varias casas; preguntó si a algún chivo le había llegado su hora. Fue el señor Treviño quien le dijo sí, tengo uno que perdió sus dotes de semental. Entonces Lucio se ofreció a encargarse de todo. Mañana se lo traigo limpio, listo para comerse o venderse, y aclaró que no cobraría un centavo; es para enseñarle algo a mi hijo. El señor Treviño hizo un gesto de apatía y dijo que no hacían falta explicaciones, le bastaba con tener de vuelta la carne completa, con todo y sus adentros. Si gusta quédese con la sangre y la piel, le dijo, lo demás se lo encargo.

Remigio abre las piernas para liberar al chivo, que camina al otro extremo del árbol. Su paso es lento, no pretende huir. Comienza a pastar las hierbas en torno a las raíces. Tu mano izquierda estaba en lo correcto, dice Lucio, con ella vas a tomarlo de la nuca, pero vas a cambiar otras cosas. El cuchillo, por ejemplo, no va a cortar el cuello, se lo vas a encajar en el abdomen, justo abajo del esternón; además, tú vas a estar frente a él, lo vas a levantar de manera que esté parado en dos patas y puedas mirarlo directo a los ojos. Remigio tuerce la boca y medita un instante. Afirma con la cabeza y se mete en su casa. Luego de un par de minutos sale de nuevo, en calzoncillos, descalzo. Lucio resopla. ¿En qué momento se ablandó mi hijo? Yo quiero revelarle algo importante y él piensa en no ensuciar la ropa.

Listo, dice Remigio en lo que toma al chivo de la nuca y lo pone en las patas traseras, sólo aclárame cuál es el esternón. El animal continúa mascando una hierba; Lucio le pone el índice donde nace la blandura del vientre. Aquí, dice, dale rápido o poco a poco, como tú quieras. Remigio coloca la punta del cuchillo en el sitio justo. No la clava hasta mirar fijamente los ojos rubios, de pupila asalchichada; entonces empuja con fuerza. Al principio la única diferencia notoria es que el chivo deja de mascar; no hay balido. Sí, en cambio, un siseo de la garganta, una expansión y contracción rápida de los hoyos nasales. Haz que gire el cuchillo, ordena Lucio; el animal debe estar consciente de que eres tú quien le hace daño. Remigio no ve la herida por tener la mirada en los ojos de su víctima; pero no le hace falta verla: siente la sangre bajarle por el puño, percibe en el brazo los débiles golpes de pezuña, escucha el chisguete de orines salpicando en la tierra. Tuerce el cuchillo un poco más y los párpados del chivo se entrecierran, el rostro en conjunto comienza a formar una expresión que Remigio no alcanza a precisar, pero que le intriga. El chivo acaba por cerrar los ojos a pesar de que aún le queda vida. ¿Le sigo? Da lo mismo, responde Lucio, seguramente ya viste lo que debías ver. Remigio saca el cuchillo y suelta al animal, que se apoya trémulo en sus débiles patas. El trozo de hierba asoma por su boca.

Veamos si eres más inteligente que Santín y sus colegas.

¿Viste horror y ojos abiertos como platos? No, nada de eso. ¿Y sabes por qué el chivo es el animal ideal para los sacrificios? Ante el silencio de Remigio, Lucio se responde. Porque muere como el hombre, sólo que más dignamente, porque el chivo no piensa en sus planes de vida, proyectos inconclusos ni en su madre ni en sus hijos ni en una mujer llamada Evangelina; por eso es dócil, y si patalea lo hace de reflejo, no desea lastimarte. Los sacerdotes no hablan de gallinas expiatorias porque éstas corren aun descabezadas; ni de perros, porque éstos sueltan mordidas. Claro, el hombre trata de defenderse, se horroriza y todo eso que dicen los escritores, pero antes del final se vuelve igual que un chivo, ya no siente terror sino otra cosa, ¿lo notaste? Remigio trata de descifrar la expresión del chivo, voltea a ver al animal tembloroso, que, en un acto de mansedumbre, ha caminado hasta posarse sobre el recipiente para vaciar ahí su sangre. Vergüenza, dice, me parece que siente vergüenza. Lucio sonríe de buena gana. Exacto; no pensé que un hombre en calzones pudiera acertar, pero ahora sé que tu mirada penetra más allá que la de Santín y sus amigos. Yo te aseguro que una mujer moribunda, con un balazo en el pecho, segura de estar perdida, siente vergüenza, igual que si apareciera desnuda en una plaza pública o la espiaran en el baño; y si le dan tiempo pensará en el vestido que van a ponerle para enterrarla; nada de eso hay en las novelas con asesinatos, sólo violencia, sangre y, sobre todo, horror, con todos sus sinónimos, que son muchos; a veces hay rabia, insultos o lágrimas, pero nunca vergüenza. La señora Urdaneta es mordida por una serpiente mientras se va de vientre en un descampado. ¿Qué hará con sus últimas fuerzas? No lo sé, responde Remigio, supongo que se alisará las enaguas que recién tenía fruncidas en la cintura. Correcto, dice Lucio, y si trae papel en mano primero se limpiará; la cosa no es tratar de sobrevivir, sino volver decorosas las condiciones en que muere; pero Santín la pondría a gritar no quiero morir y los ojos llenos de terror y caudales de esa materia con la que se construye la falsa muerte. Pronto el chivo sabrá que todo se ha consumado e inclinará la cabeza. ¿Y Pedro Montes?, cuestiona Remigio. También, dice Lucio, él pasó varios días ahí tirado, por eso escribió la carta, pero te aseguro que en los últimos instantes sintió vergüenza, sobre todo por el olor a orines.

Remigio se encoge de hombros. Tal vez sea cierto lo que dices, pero si los lectores no distinguen entre una muerte real y una falsa, no es importante que el escritor lo haga; por eso a Santín le aplauden. Y en todo caso las novelas son sólo palabras, y la palabra muerte no es lo mismo que la muerte.

Lucio piensa en Herlinda, en cómo la halló acostada en la cama, con la sábana pudorosamente alzada hasta el pecho, cuando sin duda hubo un momento en que comprendió que su dolor de piernas no era mero cansancio sino algo grave, y aun así decidió permanecer en cama antes que salir a la calle a pedir auxilio; mejor morir en silencio, discretamente, que andar prestando a los ojos de todo Icamole unas piernas hinchadas que comenzaban a tornarse violáceas. Vayan a avisarle a Lucio que Herlinda se está muriendo, diría la primera mujer que la hallara tirada en la arena, y Herlinda, a sabiendas de que le quedaba apenas un instante, le abriría el alma a esa mujer, tal vez la señora Urdaneta: Por favor dígale a Lucio que lo quiero mucho, y dígale a Remigio que siempre velaré por él desde la otra vida. No, si la opción era pronunciar esas frases, mejor fue morir como lo hizo, en silencio, sin la señora Urdaneta lista para susurrarme al oído el recado póstumo justo cuando el féretro descendiera por la fosa: Por cierto, me dijo su mujer que lo quería mucho.

Lucio observa un instante a Remigio en calzoncillos, con los pies salpicados de sangre. Le parece frágil pese al cuchillo que blande en pose de valiente. Se compadece de él y lo abraza como no lo había hecho desde que era un niño. Por cierto, le dice, tu madre siempre vela por ti desde la otra vida.

Junto al aguacate, el chivo babea.

Sin hablar, esperan a que seque la pintura blanca bajo la cual quedó sepulto el nombre de Klaus Haslinger. Lucio toma el cartel del profesor Arriaga y abanica hacia la fachada porque la humedad de la tarde demora el proceso de secado. Remigio dice ahora vuelvo y entra en la biblioteca. Piensa que después de *El manzano* puede intentar otra novela, de modo que va al primer librero y, sin conocer de autores, títulos o editoriales, cierra los ojos y alarga la mano para tomar una. Le gusta la portada: los restos de un barco encallado; sin embargo, como le parece demasiado gruesa, la coloca de nuevo en su lugar y opta por una más delgada. Para cerciorarse de su extensión va a la última página: la doscientos siete. No está mal, se dice mientras hace una cuenta mental, ochentaitrés menos que *El manzano*. Ya secó, grita Lucio, es hora de rotular. Remigio sale y deja la novela en el suelo, junto a sus latas de pintura. Fíjate bien, Lucio lo mira a los ojos, habla lentamente, biblioteca se escribe con be de burro; también Babette. Biblioteca Babette, cuatro bes y tres tes. Suena bien: Biblioteca Babette, la gente vendrá a leer. No te equivoques y escríbelo bien. Mejor ve la portada, te la voy a traer, no quiero errores cuando escribas Babette, no seas como el policía que sólo puso una te, y en vez de be lo apuntó con uvé. Se pierde unos segundos dentro del local y vuelve con *La muerte de Babette*; la recarga en la pared, y dice son siete letras, aunque sólo se pronuncien cinco. Remigio apenas ha escrito la primera be mayúscula, negra, gorda, cuando ambos escuchan una voz a sus espaldas. ¿Quién es el señor Lucio? Dan media vuelta para descubrir a una joven vestida de laboratorista o de enfermera. Al fondo de la calle Remigio distingue un automóvil blanco con un escudo en la puerta que no alcanza a reconocer. ¿Alguno de ustedes es el señor Lucio? Casi no mueve la boca al hablar. Para entonces ambos ya han dictado su juicio en silencio: es indeseable, sobre todo por la pequeñez de los ojos y los pómulos saltones; por excesiva cadera y poco pecho. Yo, responde Lucio. Entonces ella se presenta sin cambiar su expresión indiferente ni extender la mano para saludar. Soy la licenciada Campos, y vengo a notificarle con profundo dolor el fallecimiento del señor Melquisedec Marroquín. Se habían tardado, dice Lucio, no hace falta su cara formal ni el profundo dolor. Ya lo ves, se dirige a Remigio, te dije que a más tardar hoy llegaría la noticia. Muerto, Melquisedec ha muerto, ¿o debería decir que lo han asesinado? La licenciada cambia su expresión por una de extrañamiento. ¿Puedo pasar? Traigo unos documentos que requieren de su firma. Lucio se pregunta qué clase de papeles carga esa mujer. Tal vez una declaración: salimos a pasear una mañana de sol brillante, Melquisedec viajaba en la caja de la camioneta, de pronto miré por el espejo y ya no estaba ahí, se había caído, un desafortunado accidente. No, licenciada, dice, yo nada tengo que ver con la muerte de ese hombre y nunca he conducido camionetas. El asunto es otro, dice ella, ¿podemos pasar? Remigio los mira entrar en la biblioteca y aguza el oído mientras pinta la otra be mayúscula y gorda debajo de la primera. Lucio se acomoda frente a su escritorio y hace una seña con la mano para ofrecerle asiento a la licenciada; ella abre su portafolios y saca un legajo. Debemos actuar con prisa, dice, el cuerpo aún está en los separos de la policía rural y ahí no tienen refrigeración. ¿Prisa para qué?, cuestiona Lucio, pero no hace falta respuesta: los documentos lo explican todo. Al cabo de leer la mitad de la primera página alza la vista hacia la licenciada. Yo no soy pariente de ese hombre, dice mientras sostiene el índice en el renglón con su nombre en tinta azul: Lucio Mireles, cuñado, domicilio conocido en Icamole, de oficio bibliotecario. ¿Cuñado? A Melquisedec nunca se le conoció mujer ni a mi mujer se le conocieron hermanas. Se pone de pie y agita los papeles. ¿Oficio bibliotecario? Le irrita ver esas dos palabras en un documento con sello del gobierno del estado. Los libros ya no son mi oficio, eso ustedes me lo quitaron; el mismo sello apareció en la carta de sentimos notificarle que a partir del mes de febrero del año en curso la biblioteca Profesor Fidencio Arriaga dejará de operar, por lo que le solicitamos pase a recoger su liquidación y un candado con el que habrá de sellar la puerta. Señor, dice la licenciada con paciencia, yo no vine a discutir su vida, me enviaron para hallar a alguien que se haga responsable del cuerpo del señor Marroquín, y nos pareció que usted era la persona indicada porque el occiso lo señaló como su pariente más cercano. La mujer va hacia los papeles y los baraja hasta dar con la línea que busca. Además, dice, en el expediente del caso los policías aclaran que Melquisedec Marroquín fue arrestado porque el bibliotecario del lugar lo señaló como presunto responsable de la desaparición de la menor y asimismo sugirió que el acusado podría ser culpable de otros secuestros de infantes, para lo cual los ocultaría en los tambos donde acarreaba agua, sin embargo esto último no fue investigado, pues sólo se tienen informes de la desaparición de una niña. ¿Ahora lo entiende?, la licenciada deja los documentos sobre el escritorio, de algún modo usted es responsable de la suerte del señor Marroquín. En el matiz irónico de esas palabras Lucio concluye que la licenciada no cree en la culpabilidad de

Melquisedec. Viene a su mente un relato de Michael William Brown. Durante una visita al zoológico el protagonista empuja a su compañero de escuela al foso de los tigres de Bengala. Pueden acusarme de un empujón, dirá más tarde, pero yo no devoré a Billy.

¿Conoce usted a Paolo Lucarelli? Lucio se incorpora para traer *Ciudad sin niños*. Debería conocerlo, así evitaría insinuaciones sobre mi responsabilidad en el destino de Melquisedec. Su suerte la selló un carretonero italiano cuando mató a Benedetta, la hija de los Spada; aquella vez se salió con la suya, pero ahora fue la misma voz de Lucarelli la que regresó para denunciarlo, él fue, él mete niñas en sus tambos de agua, no dejen que se escape, no dejen que nuestras calles y plazas vuelvan a quedar sin niños. Sus ojos se conectan por varios segundos, sin parpadeos, hasta que Lucio los baja hacia los documentos que hablan de derechos de sepultura, disponibilidad para entregar el cuerpo de ocho de la mañana a tres de la tarde, incluso sábados y domingos, presentar una identificación con fotografía, así como los datos generales del occiso; continúa con una declaración firmada por el mismo Melquisedec y el acta del médico de guardia, que dejó en blanco el rubro titulado causa de muerte. Esto es peor que una novela de Ángela Molina. Lucio arruga los documentos, se encamina a la puerta del infierno y los arroja por la abertura. La licenciada protesta con un quejido y palabras que no brotan. ¿Por qué no aclara la causa de muerte? ¿Qué quieren ocultar? Ella se asoma al cuarto del otro lado; la luz es poca, pero alcanza a distinguir el tiradero de libros. Es una dispensa, responde. ¿Dispensa para quién? ¿Para los policías obesos que lanzan ancianos de sus camionetas? Nadie lo lanzó de ningún lado, dice la licenciada, el hombre se cortó las venas, y la dispensa lo protege a él, a usted, a los parientes; así la iglesia no se entera y cualquier sacerdote le da su misa. Largo de aquí, Lucio le da la espalda a la licenciada, márchese, yo a ese hombre ni lo conocía, nunca vino a leer un libro y yo apenas tomé unos tragos del agua de sus tambos. Me da lo mismo si se desangró en su celda o a la orilla de la carretera o si están esperando mi firma para clavarle un cuchillo justo abajo del esternón. Devuélvame mis papeles, dice ella en un tono que no logra ser autoritario. Lárguese. La licenciada sale con lentitud y se monta en su automóvil. Segundos después se pierde de vista tras la loma.

Lucio sale a supervisar el trabajo de rotulación. Todo parece marchar bien. Si Remigio no se equivoca en las letras, le pedirá que complete el anuncio de bibliote sobre la puerta. ¿Qué vas a leer? Ensaya una voz pacífica aunque sus manos aún tiemblan de rabia. Remigio delinea una letra más; sabe que no hace falta responder: el libro está en el suelo y Lucio sólo habla por hablar. ¿*Pater noster*?, se inclina a tomar el volumen, no leas esto; es uno de esos libros que todos aplauden pero pocos entienden. Te voy a dar otro, uno mejor para un principiante.

Remigio no disfrutó el proceso de leer *El manzano*, le resultaron tediosos los minutos en la cama, ante la luz de una lámpara, mirando ese palabrerío impreso que no avanzaba a la velocidad de las imágenes; ahora mismo le había bastado un instante para decretar la fealdad de la licenciada, en cambio Santín hubiera requerido un par de páginas para describirla y aún así no habría quedado claro el tono cetrino de su piel, la ubicación de la verruga en el cuello, el grosor del tobillo o la conmoción de sus ancas en cada paso; cuando escuchó la entrevista que sostuvo con Lucio en la biblioteca, bastó el tono de cada voz para saber quién estaba hablando, sin necesidad de especificar dijo Lucio, dijo la licenciada, preguntó uno, respondió el otro, exclamó, sentenció, expuso, aclaró; además leer en la cama le había exigido una posición que le lastimaba el cuello, el peso del libro le cansaba los brazos, no era el sueño ingrávido que podía disfrutar entre aguacates a esa misma hora. ¿Y qué tenía al finalizar el libro? Una historia sobre un asesinato, un entierro y un árbol que daba manzanas con cara de niño; una estupidez que no le serviría ni para relatarla en una plática de borrachos. Sin embargo la noche anterior conversó con Lucio, le dijo que Santín sabía pocas cosas, no conocía la vida y mucho menos la muerte o lo que ocurre cuando se entierra a alguien bajo un árbol, y eso a Remigio lo hizo sentir especial; ahora puede dar su opinión sobre un hombre al que no conoce, un hombre seguramente adinerado y famoso, escritor al fin y al cabo, al que algunas personas respetan y adulan y piden autógrafos, y él, un pueblerino sin fama ni fortuna, le llama imbécil, porque además la imaginación debe tener un límite y a quién se le ocurre andar escribiendo sobre manzanas con ojos, nariz y boca. Maldijo a Santín cuando llegó a la última página y cerró el libro, y la sensación fue diferente a insultar a un futbolista o a un político; ahora puede ir cualquier domingo a Villa de García y meterse en una cantina a ver el futbol y esperar una mala jugada para que, mientras todos insultan al jugador, él diga: más imbécil me parece el tal Santín, y dará otro trago a su cerveza, satisfecho porque nadie comprenderá de qué habla.

Lucio coloca *La tuberculosis* sobre *Pater noster*. Es mejor, dice, mueren niños y adultos mientras un doctor se pregunta si debe ayudar a los enfermos o volver a los brazos de su amada.

La segunda te de Babette queda más grande y chueca que la primera. Yo sí acepto el cuerpo de Melquisedec, dice Remigio, mañana voy por él. Lucio da una patada al cartel del profesor Arriaga. Deja que sus asesinos se encarguen de enterrarlo. Es lo menos que puedo hacer, replica Remigio, por el viejo, por su madre, por aquel domingo en la alameda y el caballito de madera.

Lucio murmura un insulto y sube a su habitación, pisando fuerte cada peldaño. Remigio se esmera en la última letra de Babette, muda como su niña bajo el árbol, muda como piedra.

Las mulas de Melquisedec han pasado los últimos días desbalagadas. Remigio las atrae con hierbas de su huerta y las unce a la carreta, sobre la que aún permanecen los tambos vacíos. Supone que, de no haber llegado las lluvias, las mulas habrían muerto sin alguien que se tomara la responsabilidad de cuidarlas. Revisa amarras, se monta en el pescante y patea suavemente las grupas de los animales para que inicien la marcha a Villa de García. El traqueteo hace que algunas personas se asomen; piensan que Melquisedec ha vuelto.

Al día siguiente Remigio relata lo ocurrido. Lo tenían así nomás, en el suelo, cubierto por una sábana, dentro de una celda cerrada con llave, no se les fuera a escapar; únicamente los brazos salían de la sábana y mostraban los tajos en las muñecas por donde le chorreó la sangre. Me dieron un montón de papeles y yo los fui firmando sin leerlos, pero eso sí, les aclaré que no éramos parientes, lo que ocurre es que nuestras familias siempre fueron muy unidas; la de Melquisedec se acabó con Melquisedec, y de la nuestra sólo quedamos mi padre y yo, aunque hubo un tiempo en que juntos íbamos a la alameda. Y a pesar de que nunca mencioné tu nombre, pronto se dieron cuenta de mi apellido y dijeron tú eres el hijo del bibliotecario, el que acusó al occiso. Yo les dije que sí era hijo, pero que de acusaciones no sabía nada, y que en todo caso no importaba quién lo había señalado primero con el dedo, sino quién lo obligó a declarar con santo y seña las cosas que le hizo a la niña. Ya no desearon continuar con ese tema, sólo me indicaron otro par de renglones donde necesitaban mi firma. Sin querer pensé en Santín; imagino que así se la pasa dando autógrafos. ¿Ya leíste *La tuberculosis*? No, ¿a qué horas? Remigio se dirige a la cocina. Hace tiempo guardé un par de cervezas para una ocasión especial; supongo que vale tomárselas ahora. Destapa ambas, sin refrigerar, y le ofrece una a Lucio. Me dijeron que había llegado justo a tiempo por el cuerpo de Melquisedec. Hay unos estudiantes de medicina que lo quieren, dijo uno de los policías que lo arrestó; les aseguramos que si para hoy a las tres no lo recogía nadie, se lo podían quedar, y mire el reloj, falta un cuarto para las tres. Yo no les creí. Lo último que harían es entregarle ese cuerpo a gente que lo andaría abriendo para revisarle enfermedades o enterarse de si en su hígado llevaba piedras. Luego luego se darían cuenta de que es un cuerpo torturado, que tal vez el corte de venas se lo hicieron después de muerto. Lucio sonríe y choca su botella con la de Remigio. Salud, dice, después de todo tal vez sí lo arrojaron de la camioneta. De camino a Villa de García yo arrojé los tambos, tenía que hacer espacio en la carreta para recostar al difunto; los desamarré y los tiré en cualquier declive para que no quedaran estorbando en el camino. Fue cuando pensé que si los policías siquiera sospecharan que Melquisedec mató a la niña, habrían incautado los tambos. Yo me asomé dentro de todos y en ninguno estaba el zapato de Babette. Cuando terminamos con el papeleo les pedí que me ayudaran a echar el cuerpo en la carreta. Si no es tan fácil, me dijo el otro policía con ese tono amable de te voy a chingar, no podemos permitir que cualquiera ande por las calles con un muerto como quien lleva ropa sucia al río. Desde el principio sospeché que algo tramaban esos rurales porque nunca se quitaron el sombrero. Debemos respetar las leyes y los procedimientos, dijo cualquiera de ellos, luego me puso la mano sobre el hombro y me mostró una tarjeta. Ahora toca que usted llame a este número y contrate los servicios de la funeraria. Supe que no era momento para expresarles mis planes: yo pensaba llevármelo envuelto en la sábana y echarlo en la fosa pública del cementerio, donde sepultan a los muertos exhumados de la batalla de Icamole, nada de cajones ni ceremonias luctuosas con sacerdotes. Para mí era una aventura, la necesidad de contrastar el cuerpo exquisito que hallé en mi propiedad con el amasijo horrendo de Melquisedec; también deseaba confirmar si había relación entre ese muerto y el chivo. Morbo, dijo Lucio, ésa es la palabra; no tenías por qué confirmar nada. Era algo más, Remigio opta por la franqueza y va a su ropero para extraer el sobre con las fotografías. ¿Ves a ese niño? Lucio acerca los ojos a la imagen y la escruta por unos segundos. Nunca vi a alguien tan desdichado sobre un caballito, dice, parece novelista checo. Es Melquisedec, Remigio palpa el rostro de celuloide con el índice, ¿no hubiera sido mejor que se muriera ese mismo día en la alameda? Debió indigestarse con un algodón de azúcar o debió estallar el tanque de gas del globero. Quiero relacionar al niño de la foto con el cuerpo que vi tendido en la celda y digo bienaventurada Babette, porque no conoció el deterioro. Compara a un caballo viejo con un potrillo, a un chivo viejo con un cabrito; haz lo mismo con cualquier animal y verás que ningún cuerpo se corrompe tanto como el del hombre. Lucio mira sus manos y prefiere evadir el tema. ¿Entonces sí te lo entregaron?, pregunta. Les dije que no tenía dinero para la funeraria y de inmediato uno de los rurales hizo pasar a dos muchachos. Son los estudiantes que le mencioné, dijo, ellos están dispuestos a llevarse el cuerpo sin cobrar un centavo. De acuerdo, dije, pero entonces vamos a cancelar los documentos. Los muchachos cargaron a Melquisedec y lo echaron sobre una camilla con ruedas; la sábana se deslizó y fue cuando vi el cuerpo ajado, abundante en magulladuras. Lo tenían casi desnudo y, tal como lo había supuesto, los calzoncillos eran verdes. De inmediato la sábana volvió a cubrirlo; todo fue tan rápido que no sé si el Melquisedec que llevo en la cabeza es recuerdo o fantasía, pero tienes razón, incluso su rostro muerto mostraba vergüenza, ante todo vergüenza, porque sin duda de cualquier modo que lo hayan asesinado el cuchillo no lo degolló ni su sangre fue recogida en un recipiente morado; murió como no debía, sin siquiera mascar una hierba y en condiciones que con gusto habría cambiado por una cuchillada bajo el esternón. En ese momento me alegré de dejárselo a los estudiantes; siempre supe que entre Babette y el viejo habría diferencias, pero no creí que tantas: las piernas brillosas, sin músculo, de rodillas fruncidas; las nalgas inexistentes; el cuello vuelto un durazno a medio pudrir; el ombligo prieto, con un coágulo. Insisto, ni un perro, ni un gallo ni un tlacuache que muere de viejo se ve tan en ruinas como un anciano. Y así, despatarrado en la camilla, remolcado por los dos muchachos hacia quién sabe dónde, fue como sin duda imaginó su suerte el día de la fotografía, y su nombre se volvió justo, coherente: Melquisedec es lo que vi en esa camilla, no lo que habitó Icamole. Cuando se lo llevaron, volví a pedir que cancelaran los papeles. El policía amable me dijo ni le mueva, amigo, porque el difunto alcanzó a confesar que tenía un cómplice, y la investigación aún no está cerrada: nos falta hallar el cuerpecito. Supongo que la trampa era para ti, pero lo mismo les dio que fuera yo. Se les pasó la mano en la tortura y necesitaban documentos donde se asegure que el cadáver lo entregaron a entera conformidad de un pariente o amigo de la familia, el cadáver de un suicida. Lucio se arrellana en la silla, satisfecho, y recapacita en las cosas que vienen cambiando últimamente. Redescubrí la posibilidad de conversar con mi hijo y tengo una mujer que me visita en la biblioteca y habla de libros. Me siento afortunado por la muerte de Babette, no por la novela, sino por la muerte. Ahora eres responsable de dos cuerpos, dice. Remigio bebe el resto de su cerveza. Preferiría firmar los papeles de Babette. Por medio del presente certifico que he recibido a mi entera satisfacción un cuerpo de niña de entre doce y trece años, de textura, consistencia y medidas deliciosas, el cual me haré cargo de tocar por una sola ocasión y desear por el resto de mi vida. Certifico, asimismo, que dicho cuerpo corresponde a quien en vida respondía al nombre de Babette, y me gustaría pensar que fue el destino, y no un anciano en su carreta, quien la trajo a mí. Juro proteger de plagas y sequías y orines de animales el aguacate bajo el cual ahora yace, y moler a golpes al gordo Antúnez si lo sorprendo saltándose la barda para robar uno de sus frutos; juro multiplicar su descendencia y sólo cuando la abundancia supere mis apetitos, procederé a vender los aguacates por pieza o docena o por kilo, con una etiqueta que diga Aguacates Babette, prohibido comer. Lucio también apura su botella. Dice que Babette lo mismo murió en París que en Icamole, que las novelas también se viven en el desierto aunque nadie las escriba porque siempre es más útil un río que la arena seca. El Sena sirve para lanzar paraguas, el Arno para llevar niños en cajones de tierra, el Colorado para arrojar negros. ¿Qué sería de las novelas rusas sin la posibilidad de suicidarse en el Volga? Los ríos sirven para pasear por un costado, para navegar con placer en la ciudad o luchar contra bestias en la selva, para dividir dos países y ahogar a los mexicanos que intenten cruzarlos, para desbordarse. El desierto sólo ofrece polvo, sólo caseríos donde nadie bebe vino. Por eso en un pueblo sin campanas Babette no tenía otra opción que aparecer en el último pozo con agua. Fue tu suerte; fue tu buena suerte.

No pienso volver a Icamole, dice la mujer, dejo Villa de García para irme a Monterrey. Lo entiendo, Lucio baja la cabeza, usted pertenece a ese mundo donde las calles tienen nombre y la gente sonríe como Peter O'Donohue en *El valle de las gaviotas*. Ahora estoy sola, me sobra el dinero; puedo enviarle una cantidad por mes o por semana para que viva y mantenga la biblioteca Babette. Lucio se cruza de brazos y avanza unos pasos, hasta quedar de espaldas y asegurarse de que puede hablar sin que la mujer le vea el rostro. La dueña de la panadería salva a Oleg; usted me salva a mí. No, gracias, mi vida no es para un premio Pavlov, para que alguien diga Lucio nos muestra la grandeza del individuo frente a las arbitrariedades de la historia, de la naturaleza o del destino. Todo esto tenía que llevárselo el carajo, tenía que morir bajo el sol. La lluvia lo echó a perder. Debieron largarse todos, uno por uno o en bola, dejarme solo metido en mi biblioteca, leyendo hasta perder mis fuerzas; entonces tomaría el último libro, *Los peces de la tierra*, y en el capítulo dieciocho, cuando Fritz y Petra deciden marcharse, mi cuerpo acabaría por flaquear; yo moriría con el libro en el pecho y millones de años después un hombre de ciencia me encontraría impreso en piedra junto a los trilobites. Un pez de la tierra, diría ese futuro científico, y mirándome en un microscopio, golpeándome con un cincel, trataría de explicar mi vida: era carnívoro, andaba en cuatro patas, se apareaba una vez al año y ponía huevos; fue un lector, el último de su especie, lo mató un cambio en la temperatura, su miembro era pequeño. Meras idioteces, comentarios de contraportada. Oleg debió terminar hecho montículo de nieve que no se revelara hasta la primavera, eso le habría dado grandeza; debió escupir el pan de Greta porque al salvarse falseó su propia vida. El hombre debe terminar bajo un montículo de nieve o de tierra, desangrado en una celda, arrojado de una camioneta o de un puente, en un pozo de agua o una fosa séptica o prisionero en las raíces de un árbol; la lluvia no debe llegar, ni la panadera tendría por qué ofrecer pan, ni un caballo de madera hace la diferencia entre sonrisa y llanto. Ése es el único fin digno de una novela y de una vida, aunque no haya aplausos ni premios Pavlov. Y en vez de ofrecerme dinero, usted haría bien en aceptar el final como Babette lo aceptó, como Melquisedec acabó por aceptarlo. Ni siquiera debe mentirme diciendo que se marcha a Monterrey; yo sé que va más lejos, a Kaliningrado, y yo ni siquiera tengo una caja marrón para lanzarle. El padre Pascual sí conocía los finales dignos, por eso ordenó que abandonaran el pueblo y, al quedarse solo, orinó sobre la tierra seca para verla cómo absorbía el líquido sin dejar rastro de que alguna vez estuvo ahí. ¿Pero cuál puede ser el final de Icamole si la lluvia ya lo echó a perder? La mujer cree que Lucio le ha hecho una pregunta y se ve en la necesidad de decir algo. Su biblioteca puede incendiarse y usted muere dentro de ella; o las cucarachas derriban la puerta y lo devoran y usted grita pero nadie se atreve a rescatarlo. Exacto, dice Lucio, se perdió el arte, ahora sólo nos quedan salidas escandalosas, baratas, de cine.

Aún dándole la espalda a la mujer, se abre la bragueta y comienza a orinar. Sin embargo, la tierra saturada de humedad hace que la orina se acumule en una pequeña depresión. No hay caso, dice. El final debe ser otro.

Usted no se conformó con pobre Babette, pobre de ti, campanas y más campanas, un país que se cree libre, una niña que no cree en nada. Le gusta *La muerte de Babette* en papel pero no en la vida, por eso le pidió a Laffitte otro final y acabó por mezclarla con *El manzano*, una obra menor. La mujer se inclina a recoger una piedra con trazos de vida antigua y la guarda en su bolsillo. Es mejor que me marche, dice, y se encamina cuestabajo. En el fondo pastan las mulas de Melquisedec; dos niños han limpiado los cristales del auto y esperan unas monedas a cambio. Lucio la ve alejarse lentamente, pisando con desconfianza el suelo empedrado. Ha leído incontables escenas parecidas, y por lo general la mujer da la media vuelta para decir algo más, el giro esperado o inesperado que convierte los finales tristes en felices. Por cierto, ayer vino a verme Amanda, me aseguró que aún te ama; por cierto, el dinero está seguro en un casillero del aeropuerto; por cierto, el tío Ray modificó el testamento antes de morir; por cierto, tengo espacio de sobra, si gusta puede venir a vivir conmigo; por cierto, los doctores pudieron salvar a Herlinda, el lunes volverá a casa.

La mujer da dinero a los dos niños y su auto se marcha discretamente, sin posibilidad de levantar nubes de polvo. Lucio comienza el descenso rumbo a su biblioteca.

Con el final de Remigio no tiene problema: Remigio se encierra en su habitación a leer *La tuberculosis*. Llega a mediados del capítulo siete, en el que una joven pareja se toma de la mano sin hablar. Él no puede hacerlo debido a un arranque de tos; ella porque está en medio de un tratamiento: el doctor Mendrok le renueva el gas de su neumotórax. Esta última palabra es la que hace que Remigio abandone la lectura. Un término como ese sólo puede indicar la muerte de la muchacha dentro de pocas páginas. Y pese a lo inútil de su labor, el doctor Mendrok le ha comunicado a su esposa que no piensa volver a Viena, que su sitio está en el sanatorio; no se da cuenta de que su esfuerzo por salvar vidas apenas sirve para prolongar la existencia de los condenados, que necesariamente terminan amándose unos a otros, y así, lo que antes era resignación, con el tiempo se vuelve una tragedia. Cierra el libro, y con insistencia voltea a su izquierda, donde ha colocado la fotografía del niño Melquisedec, y a su derecha, donde la ventana le muestra el árbol de novicios aguacates. Anhela el día en que todas esas pequeñas Babettes o Anamaris maduren y estén listas y propicias para mezclarse con su carne áspera de hombre del desierto. Henos aquí, ¿recuerdas nuestra suave piel, el ojo gris que no se cierra y la etiqueta del calzón? Henos aquí, una silueta dibujada con aguacates en torno a tu sábana. Henos aquí, te amamos, te amo, dime Babette, dime Anamari, seremos una sola carne embadurnada. Haz de nosotros cuanto plazcas; sólo te pedimos que nunca más permitas que nos arrojen al pozo. Es muy profundo, es muy oscuro y si no morimos del golpe moriremos de miedo. No, dice Remigio, nunca consentiré que alguien que no sea yo las toque. Vengan mis Babettes, mis Anamaris, mis putillas de planta y de ocasión, mis eternas mujeres que inevitablemente amanecen deshechas y sin vida. Y ni aun en esos momentos de embriaguez Remigio podrá sonreír; ya no, ya nunca, porque Melquisedec lo mira desde el caballo de madera, y Melquisedec no otorga ese permiso.

Lucio cierra la puerta de su biblioteca con llave. ¿Ahora qué sigue? Se sienta ante su escritorio y deja que la cabeza se hunda entre sus brazos. En el cajón hay cerillos; el papel se enciende pronto, arrasa con todo. Los incendios son buena opción para terminar una historia que no parece llegar al final; si los establos arden con caballos dentro, por qué no habría de quemarse mi biblioteca para acabar conmigo. Se introduce un elemento de azar, un descuido, una lámpara de petróleo sobre la paja del establo; el granjero entra para salvar a su caballo y muere entre las llamas. O puedo desnudarme y traspasar esa puerta hacia el infierno: soy una novela indigna, soy el hijo de Santín. Miles de cucarachas se arremolinan en torno al cuerpo exangüe que ya no quiere protestar; hágase la voluntad de estos bichos, son sus últimas palabras, y se deja mordisquear, les permite entrar por todas las cavidades de su cuerpo; derrama sus humores sobre los libros de Ángela Molina y Ricardo Andrade Berenguer. Niega con la cabeza y maldice la lluvia, maldice al dios seducido por Pavlov.

Alguien toca la puerta, pero Lucio no se mueve de su lugar, no es posible que a estas alturas llegue un lector: la señora Urdaneta preguntando por una novela de amorosos que le interesa conocer, el gordo Antúnez con una mente sensible a pesar de su idiotez, uno de los policías dispuesto a repasar cada página de *Ciudad sin niños*. Los golpes continúan durante unos segundos. Se niega a abrir. Le resulta inadmisible que encima de una orina que la tierra no quiso absorber ahora le manden un lector; que en vez del incendio llegue el inspector de bibliotecas a decirle que puede contar de nuevo con un sueldo. Largo de aquí, dice en un susurro, y se recuesta en el suelo, en espera de que esa sombra se aleje de la puerta. Oye una última serie de golpes, ahora tímidos, sin convicción, y luego unos pasos lentos que se alejan. Deja pasar unos minutos y se acerca a la ventana. La calle luce solitaria. Vuelve al escritorio, se abre la camisa y se oprime el pecho con el sello de censurado. Entonces se deja caer al suelo. Se dice que no ha leído *Las nieves azules* y tal vez no lo haga; ya no le importa conocer el contenido de la caja marrón porque nunca se la dará a la mujer que se marchó a Kaliningrado. Mientras observa las manchas del techo, se vuelve un negro que habla de la igualdad, una manzana con rostro de niño, un cigarrillo que se consume morosamente entre música de jazz; es una nota del traductor, un platillo francés, O'Donohue sonriente; es la imposibilidad de revelar el secreto de los amantes. Coloca un dedo bajo el esternón y presiona, pero lo retira tan pronto siente dolor. No tuvo las agallas del padre de Zimbrowski para acusar a su hijo, y tal vez no las tendría para rechazar el ofrecimiento de la panadera, pan de hoy o de antier. Cierra los ojos. Escucha disparos, galope de caballos y lamento de moribundos. Le grita a don Porfirio, le pide que no se marche sin levantar a los heridos, le advierte que tras una roca agoniza el soldado Montes. Pasan las horas y comienza a oscurecer; y ahí, tumbado en el suelo, se siente tan frágil como niña tragada por una puerta, débil como un tuberculoso. Murmura una maldición para sí mismo y le vienen ganas de llorar como el Llorón de Icamole. Entonces comprende que nadie tocó la puerta. Son las olas.

El mar ha vuelto. Crecerá hasta derribar la puerta e inundar su biblioteca y extinguir a los peces de la tierra y borrar cada palabra que haya salido de la pluma de un novelista. Le gustaría haber tenido la oportunidad de despedirse de Babette, de su hijo, sobre todo de Herlinda, de la piel de Herlinda. Sabe que no podrá reconocerlos cuando sean trilobites.

Siente vergüenza.

Lucio sale de su biblioteca con el cuerpo adolorido por pasar tanto tiempo en el suelo. El sol golpea intensamente. Es la hora en que algunas señoras se reúnen a rezar el rosario en la capilla de San Gabriel Arcángel. Ahora no piden nada, sólo dan gracias; Melquisedec no está en sus ruegos. Lucio se aproxima a una de ellas y le toca el hombro. Disculpe, dice, pero necesito llevarme esta silla. La mujer, por no discutir, sencillamente se corre al asiento de al lado. En el altar no está el bote de duraznos con la carta del soldado Montes; tal vez la llevaron a restaurar. Lucio se echa a cuestas la silla de Herlinda y sale de ahí; es pesada, de hierro forjado, hay óxido en los tornillos que afianzan sus diferentes piezas. No sé por qué tardé tanto en recuperarla, se dice Lucio, y el peso lo hace descansar un par de ocasiones en el trayecto a su casa. Cuando al fin llega, coloca la silla junto a la mesa de la cocina y se sienta a beber agua de la pipa del gobierno del estado. Está de acuerdo con Remigio: la silla no es cómoda. No se explica cómo Herlinda pasaba tantas horas sentada en ella.

Ahí mismo, sobre la mesa cubierta por un mantel de cuadros, lo espera el ejemplar de *Las nieves azules*. Lucio sabe que Bronislava intentó contener el llanto cuando el tren se alejaba; tal vez no sea tan emocional como las otras rusas. Además el traductor aclara en una nota al pie que el galuschki es un plato ucraniano. Con suerte existe una escena en la que Bronislava le pone mucha sal al galuschki y Radoslav lo come sin protestar.

Lee sin parar hasta bien entrada la noche, prestando poca atención a la trama y a los diálogos; sólo atiende con interés los fragmentos en que aparece Bronislava. Si bien es una mujer querible, a Lucio le decepciona que se preocupe por el vestido que usará en la recepción o la correcta pronunciación del francés. Al llegar al punto donde el tren parte hacia Kaliningrado, Lucio apenas ha rescatado una frase, la cual no se refiere a Bronislava sino a una de sus sirvientas: Aunque dedicada a las labores del campo, mantenía en sus manos, y en general en toda su piel, una tersura de adolescente. Pero únicamente ésa, porque ni siquiera hubo algo valioso con respecto al plato ucraniano, el cual aparece una sola ocasión, en un diálogo en el que Radoslav exclama: Detesto el galuschki que prepara mi madre.

Ya consiguió la piel tersa de Herlinda, pero aún falta mucho de ella.

Decide que es hora de encontrarla y que ha de pasar por los infiernos para llegar a su mujer. Toma una vara metálica y golpea el tablón con el que clausuró las escaleras hacia el cuarto de los libros censurados. Las astillas saltan con un estrépito que interrumpe la paz de la noche. Finalmente la madera cede y cae por esas escaleras que no se han pisado en años. Lucio toma una linterna y desciende. Algunas cucarachas huyen ante la luz, otras continúan en lo suyo. Él ve los libros apilados y le sorprende la cantidad de almas que nacieron para ser condenadas, almas que debieron sufrir su exterminio mucho antes de llegar a la imprenta; almas de quienes cambiaron la pluma por el coctel, a sus personajes por su persona, de quienes se arrastran por un Pavlov; almas de todos esos hijos de la gran puta que predican que Latinoamérica ya no da para las letras si no se le disfraza de gringuez; almas femeninas que debieron sentarse a tejer, recostarse junto a su hombre, surtir las legumbres del día, en vez de suponer que se les había dado la palabra para algo más que un chismorreo entre vecinas. Remigio camina entre las pilas de libros y escupe a un lado y otro. Apunta la linterna a sus pies y descubre que está parado sobre *Causas perdidas*, otro libro de otro flamante funcionario del gobierno. Lo patea y de paso le mienta la madre a cualquier presidente, ex mandatario, diputado o embajador que se hizo pasar por novelista sin soltar jamás su copita de vino ni haberse ensuciado los pies en cualquiera de los incontables Icamoles de este país; maldice a cualquier gobernador que alguna vez firmó el cierre de una biblioteca. Todos ustedes están bien en este infierno, les dice, y sepan que no necesito un peso de su presupuesto para mantener abierta la biblioteca Babette. Continúa caminando entre las almas perdidas, pisando con fuerza a cada paso. Mueran todos, mueran, dice rabioso, porque ninguno de ustedes me dio una frase que se acercara a Herlinda, porque ninguno dijo Herlinda tenía una cicatriz en el brazo izquierdo que a Lucio le gustaba acariciar, ninguno dijo Herlinda reía en silencio, echando el aire por la nariz, ninguno dijo Herlinda casi no tenía pestañas por una infección en los ojos que le dio a los quince años. Herlinda, nadie dijo Herlinda, ¿porque qué heroína se llama Herlinda? Le ofende ver tantos libros en ese infierno, pues ahora comprende todo el tiempo que le hicieron perder esas páginas de basurero. Va a la puerta y forcejea con ella hasta que ceden candado y pasador. Camina derecho hacia donde se encuentran las cajas cerradas y toma una que tiene seis años ahí. Regresa por el mismo camino, y entra de nuevo en el infierno. Escucha el crujir de sus pasos sobre los libros, imagina que muchas cucarachas habrán de morir.

Ya no siente odio cuando sube las escaleras.

Coloca la caja sobre la mesa y corta los flejes con unas

tijeras. En su interior se hallan veintidós libros. Elige *El hombre de cristal*, una vez que confirma que su autor no es gringo ni español ni mujer. Esta vez no atiende trama ni personajes ni diálogos, sino palabras, una por una. Con las tijeras recorta las que le sirven para ir formando una frase que, al cabo de un par de horas, tiene terminada: El párpado derecho le temblaba levemente mientras dormía. Párpado fue la palabra que más tardó en encontrar.

Ya es de madrugada cuando ha completado otras dos: Herlinda cayó de la silla en que se había parado para remover la telaraña de un rincón; y Esa mañana prefirió quedarse en cama. Y no es que en *El hombre de cristal* hubiera una mujer llamada Herlinda, pero formó la primera sílaba recortando las tres primeras letras de herrumbre.

Esa mañana prefirió quedarse en cama, lee Lucio en voz alta. De nuevo estás aquí, dice, en cama, y ahora las piernas te duelen porque caíste de la silla, y esta vez yo no permitiré que entre ningún alacrán.

Considera que es suficiente por esa jornada y se dice que necesita cinta adhesiva para que a las palabras no se las lleve el viento. Apenas cierra el libro recortado escucha que tocan a la puerta. Titubea antes de abrir. Cuando al fin lo hace, le sorprende encontrar a Rebeca a esa hora, en falda corta y camiseta de tirantes. Esta vez no lleva calcetines. Márchate, le susurra, vuelve a tu vida con el doctor Amundaray; aquí ya no eres bienvenida. Ella lo abraza, se resiste a partir, pero él la sentencia con una frase: Herlinda ha vuelto. Rebeca comprende, le da un beso y se va deprisa.

¿Quién vino?, pregunta Herlinda. No lo sé, cuando abrí ya no había nadie, pero supongo que era Remigio, a veces viene a estas horas a pedirme aguacates. ¿Quieres que vayamos a visitarlo? Herlinda se entusiasma. Hace mucho que no lo veo, dice.

Caminan hacia allá hombro con hombro, conversando

sobre la mejor manera de alimentar a los chivos, sobre la edad correcta para aparearlos y sacrificarlos. Herlinda mira a su alrededor y dice que no ha cambiado nada. Lucio le pide que no se engañe; señala la casa de Melquisedec y le cuenta que está vacía. No se atreve a decirle que nunca existió la bodega de forraje. Al llegar a casa de Remigio, Lucio golpea la puerta y ambos aguardan por más de un minuto en silencio. Tal vez está dormido, dice Herlinda, toca más fuerte. Pero Lucio niega con la cabeza. Tu hijo ha crecido y tiene una buena mujer que le ayuda a mantener verde el aguacate. Es mejor volver mañana.

Emprenden el camino de vuelta. Herlinda camina lentamente, desea aprovechar la luz de luna para reconocer su Icamole, los cerros de alrededor; desea escuchar el balido de los chivos, la carrera del viento. Por primera vez Lucio acepta con agrado la lluvia de esos días; no le habría gustado mostrar a Herlinda un pueblo polvoso, sin verdor; así sus pasos son silenciosos en la tierra húmeda y nadie asoma sus narices por cualquier ventana. Palpa la mano de su mujer, siente su suavidad y sonríe satisfecho. Intenta armar una frase amorosa, pero ya olvidó cómo dirigirse a Herlinda y no quiere hablarle como le hablaría a Bronislava o a Rebeca. En la caja que llevó a la cocina vio una novela cuya portada mostraba dos amantes besándose bajo un arco de flores. Lucio pensó que era una candidata segura para el infierno, pero ahora supone que de ahí puede tomar algún párrafo sin importar quién sea el autor, porque sabe que en la cama no existe la mala prosa.

Cuando al fin llegan frente a la casa, Herlinda se detiene sorprendida. ¿Una biblioteca? Pensé que vendías alimento para chivos. Después te explico, le dice Lucio, y la abraza y la besa y comienza a acariciarla. Han pasado muchas cosas, Herlinda, y aún nos queda mucho por leer.

Tan pronto estén de nuevo en casa, Lucio la empujará a

la cama para hacerle el amor como no lo hizo la última vez, poniéndole las manos en cada rincón, memorizando la textura, trazando un mapa indeleble de ese cuerpo porque necesita con urgencia recuerdos más valiosos que un caldo de verduras con sal, que una mujer hablando de alimento para chivos, que una silla metálica sin acojinamiento; tiene prisa porque sabe que cualquier noche vuelve a aparecer un alacrán para de nuevo arrancarle a su mujer de los brazos, de la tierra, sabe que un mal día puede abrir otra caja de libros y toparse con *La muerte de Herlinda*, y entonces ya no habrá modo de evitarle el destino trágico que le dé su autor, sea tras una puerta o por obra de un anciano que roba jóvenes esposas; Lucio sabe que, a fin de cuentas, él también ha de sucumbir en cualquier momento, avergonzado, con un cuchillo que gira en el esternón; sabe que un escritor de ciudad, un imbécil de ideas tan cortas como su pene, tan mediocre como Alberto Santín, habrá de reducirlo a la nada en una novela digna de infierno y cucarachas, habrá de sepultarlo en las arenas del mar o del desierto cada vez que alguien abra la última página de *El último lector*.

El último lector, de David Toscana
se terminó de imprimir en julio del 2004
en Litográfica Ingramex, S.A. de C.V.
Centeno 162-1, Col. Granjas Esmeralda
México, D.F.

ISO 9000

Certificado No. 02-2082